DREAMBOOKS★

DREAMBOOKS★

수라전설 독룡

ORIENTAL FANTASY STORY & ADVENTURE

시니어 신무협 장편소설

★
dream
books
드림북스

수라전설 독룡 14 수라의 승선

초판 1쇄 인쇄 2019년 12월 26일
초판 1쇄 발행 2020년 1월 10일

지은이 시니어
발행인 오영배
편집 편집부
일러스트 eunae
본문 디자인 오정인
제작 조하늬

펴낸 곳 (주)삼양출판사 · 드림북스
주소 서울시 강북구 도봉로 173
대표 전화 02-980-2112 **팩스** 02-983-0660
편집부 전화 02-987-9393 **팩스** 02-980-2115
블로그 blog.naver.com/dreambookss
출판등록 1999년 3월 11일 제9-00046호

ⓒ 시니어, 2020

ISBN 979-11-283-9780-6 (04810) / 979-11-283-9448-5 (세트)

드림북스는 (주)삼양출판사의 판타지 · 무협 문학 브랜드입니다.

수라전설
독룡

14

| 수라의 승선 |

시니어 신무협 장편소설

ORIENTAL FANTASY STORY & ADVENTURE

dream
books
드림북스

목 차

第一章

관(棺)

짙은 붉은색 석양이 장강을 물들였다.

머잖아 깊은 어둠이 강을 뒤덮을 것이다. 그러나 어두울수록 수면에 반사되는 달빛은 더욱 밝아져 싸움에 지장을 준다. 뱃전에 부딪혀 부서지는 파랑(波浪)과 쉼 없이 생겨나는 물살의 흐름이 지나치게 달빛을 산란시켜 시야가 명멸(明滅)한다.

범몽이 느긋한 목소리로 말했다.

"과연, 시간을 끌면 누가 불리할까. 불기 선생은 어떻게 생각하시는가?"

산전수전 경험이 풍부한 범몽은 시종일관 여유로웠다.

하나 진자강은 선상 전투를 해 본 경험이 없고 강에 빠지기라도 하면 헤어나기가 어렵다.

지금 배가 지나가는 길목의 강 너비는 무려 여덟 리(里), 거의 천 장에 가깝다. 아무리 진자강이 신법을 써도 천 장을 뛰어넘을 수는 없다.

이것이 장강의 위용인 것이다.

그에 비해 불기는 살기가 등등했다. 시간이든 장소든 상관없다는 태도다.

"내가 팔 하나 없다고 감히 나를 우습게 봐?"

눈물을 찔끔거리던 오른 눈도 이제 정상으로 돌아왔는지 멀쩡해 보였다.

한데 범몽이 돌연 뚱딴지같은 소리를 했다.

"오늘 날씨가 매우 좋지 않은가? 만월이 떠서 아주 밝겠어."

불기가 범몽을 보고 언성을 높였다.

"자꾸 시답잖은 소리 그만두시지. 어서 결판을 내자고!"

대답이 딱히 이상할 것은 없는 투였다.

그런데 묘하게도 범몽이 진자강을 보면서 말했다.

"나무아미타불 관세음보살. 인자협은 거짓을 말하고, 꾸며 말하고, 험한 말을 하였으며 성을 내고 있네. 모두다 선업을 쌓기 어려운 행동들이지. 선업을 쌓기 위해서는 다정하고 따뜻한 말이면 족하거늘. 그것은 그리 어려운 일이 아니라네. 안 그런가, 인자협?"

보고 있는 건 진자강인데 불기에게 말을 걸고 불기에게
물어보는 내용이다.

하지만 그에 불기는 아무런 표정의 변화 없이 묵묵부답
이었다.

범몽이 진자강을 보며 꾸짖는 듯한 표정으로, 하지만 말
투는 얼굴과 전혀 다르게 부드러운 투로 말했다.

"노납이 장담할 수 있네. 누군가 지금 인자협 불기 선생
의 뒤를 공격한다면, 불기 선생은 막지 못할 것이야. 내 말
이 맞지, 그렇지? 인자협 불기 선생?"

그 말을 들으면서 진자강 역시 불기를 쳐다보지 않았다.
불기는 여전히 대답하지 않는다. 아니, 고개를 돌리고 있어
서 범몽이 무슨 말을 했는지도 모르는 태도다.

진자강이 웃었다.

"대단하군요. 범몽 대사."

운정이 어리둥절해했다.

"아니, 범몽 대사님은 왜 독룡 도우를 보고 자꾸만 불기
선생이라고 부르는 거죠?"

운정이 진자강과 불기를 번갈아 쳐다보았다.

"그리고 불기 선배님은 어째서 반응을 하지 않으시는 거
죠?"

진자강이 대답했다.

"범몽 대사의 심계는 정말 악독하군요."

"네?"

"종남파의 고수는 귀가 들리지 않습니다. 범몽 대사는 그걸 알고 빈의관을 사주하는 겁니다."

"역시 독룡이군!"

범몽이 크게 껄껄 웃었다. 웃음소리에 막대한 내공이 깃들어 있어서 몸이 울리고 돛대가 펄럭거렸다.

그 순간, 갑판 위에 몇 남아 있던 두건인 중 한 명이 불기의 등 뒤에서 기습했다. 조심스럽게 거리를 두고 쇠로 만든 관 뚜껑을 들어 머리를 후려쳤다.

불기가 몸을 돌리며 왼손으로 태을지검을 휘둘렀다. 관 뚜껑과 함께 두건인의 상체가 그대로 잘려 나갔다.

써억!

두건인이 피를 뿜으며 넘어갔다. 남은 두건인들이 불기가 아니라 범몽을 보며 이를 갈았다.

범몽이 혀를 찼다.

"쯧쯧, 그냥 아까의 독을 바른 비수를 들고 다가가서 찔렀으면 되었을 텐데. 겁을 먹고 바람을 일으키니까 불기 선생이 눈치챘잖나."

사태가 돌아가는 게 심상치 않다고 생각했는지 불기가

얼굴을 찡그리며 범몽에게 냉소했다.

"고약한 땡중이로고. 강호의 선배라는 작자가, 그것도 중이 되어선 더러운 수작만 부리는구나."

"껄껄껄. 자네는 하나는 팔 하나를 잃고 귀도 들리지 않네. 독룡은 시독에 타박상도 다수 입었지. 시독은 당하나 마나 멀쩡한 걸 보니 이겨 낸 모양이고. 하나 결정적으로 둘 다 노납의 백보신권을 한 방씩 접하지 아니하였는가. 한 번은 견뎌 냈으나 다음번에는 버티지 못할 걸세."

정확하게 상대의 피해를 계산하고 있는 범몽이다.

그 말대로였다. 불기나 진자강이나 다음번에 백보신권을 맞으면 몸이 버티지 못한다.

하지만 불기가 범몽을 비웃었다.

"들리지 않으니 편한 것도 있군. 땡중의 개소리를 듣지 않아도 되니 말이야."

범몽이 숨을 깊게 들이쉬더니 내공을 담아 소리 질렀다.

"정― 법! 정― 법! 저― 엉― 법!"

우르르르릉.

내공이 머리를 울려서 들리지 않아도 무슨 말을 하는지 알 수 있었다.

불기의 양쪽 귀에서 굵은 핏물이 꿀럭 흘러나왔다. 울림 때문에 상처가 더 벌어져 피가 귓속을 꽉 메웠다. 불기는 머리를 좌우로 흔들어 핏물을 빼냈다.

"하여간 저 망할 놈의 땡중. 심성이 매우 흉악하기 짝이 없구나!"

불기가 이를 갈면서 바닥을 박찼다.

퉁! 가볍게 뛰어오르더니 왼손에 쥔 태을지검을 손안에서 뱅그르르 돌렸다. 태을지검의 끝에 반짝이는 별빛 같은 무리가 어렸다.

핏, 핏!

태을지검이 회전하며 빛의 가닥이 굵은 장대비처럼 쭉쭉 뻗었다.

범몽이 철포삼으로 가사를 부풀렸다. 그러나 이내 갑자기 옆으로 몸을 날려 피했다.

부욱! 옷을 찢는 듯한 소리와 함께 철포삼이 깃든 범몽의 가사 끝자락에 구멍이 뚫렸다. 범몽이 피한 자리의 갑판에도 얇은 굵기의 구멍이 푹푹 뚫렸다.

진자강으로서도 검기가 철포삼을 두부처럼 뚫어 버리는 게 의아하기 짝이 없어 보였다. 아까는 분명히 튕겨 나가지 않았는가?

불기는 메뚜기처럼 통통 뛰면서 허공에서 계속해서 빛의

가닥을 뿜어냈다. 그때마다 갑판에는 송곳으로 찍은 것처럼 구멍이 계속해서 생겨났다. 공격은 단순한데 묘하게도 반격할 구석이 많지 않았다. 빛의 가닥을 방사형으로 퍼뜨리고 있어서 반격을 하자고 달려들면 한 대는 맞는 걸 각오해야 할 법했다.

범몽은 반격을 아예 포기할 생각인지 좌우로 뛰어다니며 불기를 피해 달아났다.

운정이 대응하려는 진자강을 향해 소리쳤다.

"피하세요! 검기가 아니라 검강(劍罡)이에요!"

검강!

검기보다 더 내공을 응축시켜서 무엇이든 가르고 태워 버린다는 최상승의 내가검공(內家劍功)!

검기는 물론이고 수백 번을 두드려 만든 강철도 너끈히 잘라 버리는 위력을 가졌다고 전해진다. 철포삼이 아무런 역할을 못 하고 구멍이 숭숭 뚫린 것처럼 말이다.

하나 검강이 정말로 무서운 건 파괴력에만 있지 않았다.

검강에 도달하기까지 수만, 수십만 번 검을 휘두른 끝에 얻은 검에 대한 이해도다.

검강이 없을 때에는, 상대의 빈틈을 찾고 상대의 방어를 무너뜨리면서 공격해야 한다. 상대의 반격도 염두에 두어야 함은 물론이다.

때문에 상대의 수를 읽어야 하고 몇 수 앞을 내다보며 바둑을 두듯 싸워야 한다. 이러한 공방에는 허초와 실초를 번갈아 쓰며 상대의 평정을 흔드는 심리적인 수법까지도 포함된다.

그러나.

검강 앞에서는 방어가 무의미하다. 검강을 쓰면 상대의 방어를 염두에 둘 필요가 없어진다.

오로지 공격에만 집중할 수 있게 된다.

공방의 개념이 사라지고 오직 공격만이 남는다.

종남파의 무학을 검강에 담아 수비는 도외시하고 오로지 공격만 하고 있다!

천하의 범몽도 맞상대를 포기하고 두건인들의 사이로 뛰어들었다.

두건인들은 당황했다. 범몽이 자신들에게 가까이 오는 것이 공격을 하려는 것인지 피하는 것인지 알 수 없었다.

두건인이 바로 앞에서 달려오는 범몽을 막기 위해 관을 들었다. 범몽이 방향을 틀어 관을 차고 옆으로 몸을 날렸다. 그 순간 관짝에 불기의 검강이 꽂혔다.

검강은 관을 뚫고 뒤에 서 있던 두건인의 미간을 매우 정확하게 꿰뚫었다. 아무렇게나 내지르는 게 아니라 제대로 주변 상황을 보고 손을 쓴다는 뜻이다.

미간에 작은 구멍이 난 두건인이 관과 함께 옆으로 쓰러졌다.

두건인들은 자신들의 사이로 들어온 범몽을 공격했다. 범몽은 일권으로 두건인의 가슴을 함몰시키고 뛰어올라 천근추로 머리를 밟아 목뼈를 으스러뜨렸다. 이어 그 뒤로 따라온 불기 역시 검강으로 두건인들을 쓰러뜨렸다.

범몽은 얄밉게도 이리저리 불기의 공격을 피해 다녔다. 이제 갑판 위에 서 있는 두건인들은 몇 남지 않았다.

한동안 날뛰더니, 불기의 검 끝에서 한 줄기 아지랑이가 피어올랐다.

시익, 시익.

그 모습을 본 범몽이 회심의 미소를 지었다.

"검강은 화로(火爐) 안의 숯과 같아서 일단 시작하면 멈출 수 없고, 자신의 모든 내공을 태울 때까지 계속해서 소진되네. 본인이 불리하다 생각하고 검강을 너무 빠르게 뽑아 올렸구먼."

검강은 몸 안의 내공을 빨아들인다. 순수한 내공이 소진되면 마지막에는 체내에 남은 불순물이 섞인 기운마저도 다 긁어내어 태우게 된다.

하여 내공이 소진되어 바닥이 드러날수록 불순물이 섞인 기운이 타면서 연기가 난다.

"지금 아지랑이가 피는 것은 이미 노화순청(爐火純靑)으로 검강의 열기가 최고조에 올랐기 때문일세. 진신의 내공을 정확히 절반 소모한 걸세. 이후부터는 위력이 점차 줄어들다가 연기가 나기 시작하면 그때는 끝이라 할 수 있지."

범몽은 진자강을 힐끗 보며 말했다. 사실 이는 진자강이 들으라 하는 말이다.

빈의관을 선동했던 것처럼 불기의 약점을 떠벌린 것이다.

불기는 범몽의 말을 제대로 알아듣지 못했지만 미소를 보고 의미를 짐작했다.

"땡중. 또 약삭빠르게 이간질했나?"

"으흠?"

불기가 더 거칠게 범몽을 몰아붙였다.

피핏! 핏!

하나 방사형의 범위에서 벗어나기만 한다면 닿지 않는다. 범몽이 긴장의 끈을 놓치지 않고 다시 두건인들의 사이를 누볐다. 기둥이나 관, 벽을 이용해서 불기의 시야를 가리고 예측하지 못한 방향으로 움직였다.

소림사의 금강승들이 익히는 대연금강보(大緣金剛步)가 최대한으로 펼쳐졌다. 방향을 바꿀 때엔 잠시 멈추나, 직선으로 움직일 때는 무엇보다도 빠르다.

덕분에 두건인들만 날벼락을 맞았다. 범몽을 피하지 않으면 범몽이 공격하고, 범몽을 피하면 불기의 검강에 죽는다.

하나 그때, 빠르게 움직이던 범몽이 갑자기 세워진 돛대의 중간을 박차고 바닥으로 뛰어내려 다급히 굴렀다. 한 줄기 핏물이 허공을 수놓았다.

"어허……."

범몽의 왼발 엄지가 군청색 천으로 만든 신발 앞부분과 함께 날아갔다. 잘린 엄지발가락에서 피가 줄줄 흘러나왔다.

"발에는 철포삼이 미치지 못하나 봅니다?"

진자강의 목소리였다.

휘리릭. 탈혼사가 허공에서 감기며 진자강의 손으로 회수되었다.

범몽이 인상을 썼다. 그나마 엄지발가락이라 다행이지 하마터면 발목이 날아갈 뻔했다.

그러다가 문득 무슨 생각이 들었는지 불기를 쳐다보았다.

불기가 크게 웃었다.

"이간질은 혼자만 할 줄 안다 생각하는군?"

불기가 전음으로 철포삼에 대해 진자강에게 알려 준 게 틀림없었다.

철포삼은 겉에 두르는 외투에 호신강기를 입히는 수법이다. 도포나 가사 장삼을 발 아래까지 길게 늘려 입는 도문과 불문의 무인들이 사용하기에 적합한 방어법이었으나 전신이 금강불괴가 되는 건 아니었다.

범몽이 마뜩잖은 눈빛을 지었다.

진자강의 행동은 어찌 보면 당연한 일이었다. 불기는 이미 약해져 가고 있었으므로, 범몽부터 죽이고 불기와 싸우는 게 유리하다.

불기가 웃었다.

"크크큭, 우습게 보지 말라고 했지. 나 종남의 미친개 불기야."

한 놈만 문다.

왜 사람들이 불기를 건드리지 않는지 명확히 알 수 있는 부분이었다.

"쯧."

범몽은 혀를 차며 고개를 내저었다.

그러더니 갑자기 진자강을 향해 말했다.

"내 한마디만 함세. 사실 우리끼리 꼭 싸울 필요는 없네."

실컷 싸우다가 갑자기 싸울 필요가 없다는 이상한 말을 하는 범몽이다.

진자강이 눈살을 찌푸리며 물었다.

"무슨 뜻입니까?"

"중경에서 누굴 만나, 무슨 이야기를 하였는가! 그것만 말해 주면 되네. 그리하면 자네와 나는, 자네는 소림을 적으로 돌릴 필요가 없네."

"나는 본인이 불리할 때에만 협상하려는 자를 혐오합니다."

진자강은 더 들을 가치도 없다는 듯 독침을 발출했다. 불기도 협공하듯 손발을 맞추어 검강을 뿌려 댔다. 범몽은 철포삼으로 몸을 두르곤 진자강에게 달려들었다.

"착각을 단단히 하는구나! 노납이 너를 귀여워하여 사정을 봐주려 하였거늘, 미친개와 함께 나를 물어? 내 너를 먼저 정법으로 이끌리라."

신법은 다소 느려졌으나 독침이 철포삼에 맞아 튕겨 나갔고, 가사에는 탈혼사도 통하지 않으므로 여전히 위협적이었다.

범몽이 주먹을 휘둘렀다. 팔을 쭉 뻗은 채 위에서 아래로 주먹을 내려쳤다. 진자강이 몸을 틀어서 주먹을 피했다.

쾅! 갑판이 박살 났다. 범몽이 연속으로 좌우의 주먹을 크게 휘둘렀다. 순간 검강의 가닥이 날아왔다. 진자강은 발을 뒤로 빼며 몸을 옆으로 기울인 엉거주춤한 자세로 범몽의 주먹과 검강의 가닥을 동시에 피했다.

핏.

검강의 가닥이 진자강의 허벅지를 스쳐 갑판 바닥에 구멍을 내고 사라졌다.

범몽도 검강의 가닥을 가사 자락에 일부 허용했다. 철포삼도 소용없이 두 개의 구멍이 뚫렸다.

진자강이 엄지와 중지를 부딪쳐 불꽃을 일으켰다. 작열쌍린장으로 범몽의 위쪽 가슴을 쳤다.

지지직. 불티가 튀며 가사가 타들어 갔다. 그러나 탄 자국이 났을 뿐, 범몽의 철포삼을 무력화시키는 건 불가능했다. 범몽은 당연히 예상했다는 듯, 진자강의 팔뚝을 오른팔로 내려치고 둥글게 원을 그려 진자강의 팔을 밀쳐 냈다. 진자강의 가슴이 훤히 드러났다. 범몽은 왼발을 앞으로 내밀어 진각을 밟으면서 왼 주먹으로 길게 진자강의 복부를 가격했다.

왼발 엄지가 잘렸기 때문에 진각의 힘을 제대로 받쳐 주지 못했다. 주먹에 실린 힘과 속도가 늦었다. 진자강은 기회를 놓치지 않고 어깨로 범몽의 주먹을 옆으로 밀며, 동시에 탈혼사로 범몽의 팔을 감았다. 탈혼사로 범몽의 팔을 자르진 못해도 꽉 조여 잡을 수는 있다. 범몽의 팔꿈치에 무릎을 대고 탈혼사를 힘껏 당겨 팔을 꺾었다.

우득.

팔꿈치가 휘어지며 관절이 꺾이는 소리가 났다. 범몽이 급히 팔에 힘을 주고 버텼다.

"이이이이!"

진자강이 온 힘을 다해 탈혼사를 당겼다. 하나 또다시 검강이 날아왔다.

"오오오!"

범몽이 기합을 지르더니 왼발을 기축으로 몸을 돌려 진자강을 들어 던지듯 휘둘렀다. 진자강의 등이 검강의 방패막이가 되었다. 진자강은 재빨리 몸을 회전시켰다.

핏! 검강이 진자강의 신발 바닥을 긁어서 밑창을 쪼개며 지나갔다.

진자강은 그 와중에 범몽의 왼쪽 다리까지 탈혼사로 얽은 후, 땅을 딛고서 거꾸로 허리를 뒤집어 범몽을 뒤로 넘겼다. 범몽은 한쪽 팔과 다리가 둘 다 탈혼사에 얽혀서 버티지 못하고 고스란히 넘어갔다.

와직!

범몽의 머리가 갑판 나무판자에 거꾸로 틀어박혔다. 보통 사람이라면 목뼈가 부러지거나 머리가 터졌을 텐데, 철두공 때문에 머리로 갑판을 뚫어 버렸다.

범몽은 머리가 갑판에 박힌 채로 다리를 좌우로 쩍 벌렸다. 검강의 가닥이 다리 사이로 지나갔다. 진자강이 범몽의 고간을 걷어찼다. 범몽은 다리를 반가부좌로 꼬아 진자강의 발차기를 받아 냈다.

거꾸로 물구나무를 선 듯한 상태에서 거푸 발로 진자강을 걷어차기까지 했다. 잘린 발가락에서 피가 튀었다.

퍼퍽! 진자강이 얻어맞으면서 탈혼사를 당겼다. 한쪽 팔과 발이 동시에 결박되어 범몽의 움직임에 불편함을 주었다. 범몽은 속박되지 않은 팔로 갑판을 두드려 부쉈다. 부러진 갑판의 나무판자를 손으로 뜯어냈다.

콰작 콰작!

그 와중에도 가까이 다가온 불기가 계속해서 검강을 뻗어 냈다.

둘이 꼼짝없이 얽힌 상황이라 피하기가 쉽지 않았다. 운정이 망설이다가 불기를 향해 음공을 쏘아 냈다.

"궤마귀참 쌍홀박수!"

따악! 쌍홀이 부딪치는 소리가 날카롭게 불기의 귓가를 파고들었다. 그러나 이미 고막이 터지고 피로 막힌 상태라 운정의 음공이 제대로 먹히지 않았다.

불기가 불쾌한 표정으로 운정을 쳐다보며 운정에게 검을 뻗었다.

핏핏.

"으아앗!"

운정은 이미 불기가 자신에게 팔을 뻗자마자 허겁지겁
뒤로 도망을 쳤다.

검강은 매우 강력한 검공이지만, 단점이 있었다. 검공과
맞상대하는 게 무의미하다고 판단한 상대가 체면과 자존심
을 모두 버린 채 무조건 달아나기만 한다면, 검강의 위력이
무색해진다. 특히나 신법이 뛰어난 자들을 만나면 더욱 그
러했다.

아무리 공세가 강해도 애초에 상대를 해 주지 않으면 소
용이 없었다. 검강을 불태우고 있어 내공이 계속해서 줄어
들기 때문에 마냥 쫓아다닐 수만도 없는 일이 아닌가!

불기는 대노했으나 운정을 버리고 진자강과 범몽에게로
방향을 바꾸었다. 가장 큰 걸림돌인 범몽부터 처리하고 나
머지를 없애야 할 터였다.

여전히 거꾸로 바닥에 박혀 있던 범몽은 부서진 구멍으
로 오른팔 어깨를 밀어 넣었다. 갑판 아래로 오른팔을 넣어
위에서는 범몽이 무엇을 하는지 보이지 않게 되었다. 왼팔
과 왼 다리는 탈혼사로 결박되어 있으니 자유로운 오른팔
로 공격을 하려는 것이리라.

"후우웁!"

기운을 모은 범몽이 그 상태에서 오른팔로 백보신권을
사용했다.

갑판을 부수고 아래에서 위로 백보신권의 권풍이 뿜어져 나왔다.

와지끈!

불기가 깨진 어금니를 악물고 검강이 깃든 태을지검으로 백보신권의 권풍을 맞상대했다.

좌로 긋고, 우로, 씨실과 날실을 엮듯이 수 없는 격자를 그려 냈다.

핏, 피피핏!

백보신권의 권풍이 흩어지고 갑판의 나뭇조각까지 격자로 잘려 나갔다. 그리고 그 아래에 있던 범몽의 주먹도 마찬가지로 조각조각 잘려 나가야……!

불기의 눈이 크게 떠졌다.

"이런!"

범몽의 오른팔은 뒤로, 갑판 아래로 더 젖혀져 있어서 검강의 공격을 받지 않았다. 소맷자락만 잘려 나가 너풀거릴 뿐이었다.

백보연권.

백보신권을 한 번이 아니라 연속으로 두 번 펼쳐 내기 위한 동작에 불기가 속은 것이다.

범몽의 눈가에 누런 황금빛이 어렸다.

"껄껄껄! 성불하시게!"

그러나 범몽의 오른팔이 휘둘러짐과 동시에 진자강이 범몽을 엮은 탈혼사를 끌어당겼다. 범몽의 몸이 휘청거리며 백보신권의 방향이 살짝 바뀌었다.

불기의 전면이 아닌 오른쪽 하체가 전부 백보신권의 권풍에 쓸리면서 발목과 무릎, 고관절이 전부 뒤틀렸다.

우드드득.

발이 통째로 꼬여서 발목이 한 바퀴를 돌아와 앞을 향해 있었다.

"으아악! 으아아악!"

불기도 참지 못하고 고통스러운 비명을 내질렀다.

범몽의 입장에서는 불기를 처리할 수 있는 좋은 기회를 날려 버린 셈이었다. 제대로 맞았다면 목이 돌아갔을 터였다.

범몽은 미간을 찌푸렸으나, 노련한 무인답게 아쉬움을 오래 갖지 않았다. 오히려 불기가 잠시 무력화된 사이 진자강에게 집중했다.

몸에 걸린 탈혼사를 오히려 본인이 꽉 잡고, 구멍 난 갑판 아래로 몸을 날렸다. 진자강이 딸려가지 않으려고 양다리에 힘을 주고 버티자, 떨어지면서 오른발로 진자강의 정강이를 걷어찼다. 진자강이 앞으로 엎어지면서 둘은 동시에 갑판 아래의 짐칸으로 추락했다.

떨어지는 순간에 범몽이 진자강의 옷을 끌어당겨 자신의

몸을 밀착시켰다. 그러곤 이마로 진자강의 정수리를 들이받았다. 진자강은 피하지 않고 오히려 자신이 머리를 들이밀어서 범몽의 목을 물었다.

범몽의 머리가 진자강의 관자놀이를 스치며 살을 주욱 찢고 지나갔다. 동시에 진자강이 범몽의 목을 무는 순간, 범몽이 고개를 틀어서 옆통수끼리 부딪쳤다.

딱! 진자강의 머리가 옆으로 튕겨 나가며 이빨이 허공을 물었다. 진자강은 그사이에 왼손으로 첨련점수를 이용한 금나수로 범몽의 오른손 손목을 꺾고 있었다.

범몽은 오른손을 소매 안으로 끌어당겼다. 소매는 철포삼이 깃들어서 철판처럼 단단했다. 범몽의 손목을 꺾으려 해도 소매에 걸려서 꺾이지 않는다. 범몽이 백보신권을 사용할 때마다 소매를 걷어 올린 이유가 있었던 것이다.

진자강은 손목을 포기하고 손가락을 잡았다. 중지를 잡고 옆으로 돌려 꺾어서 부러뜨리려 했다.

하나 소림사에는 손가락 하나밖에 들어가지 않을 정도로 붙어 있는, 일촌(一寸) 거리에서조차 상대를 공격할 수 있는 수법들이 있었다.

교룡독천(蛟龍獨擅).

두 마리의 용이 얽히어 용틀임을 하는 것처럼 초근접 상태에서 펼치는 박투(搏鬪)의 정수.

빠악!

진자강의 오른쪽 무릎에서 파열음이 울렸다. 발목에도 범몽의 발끝이 틀어박혔다. 철포삼이 둘러진 범몽의 왼쪽 어깨가 들리며 진자강의 턱을 올려 쳤다. 탈혼사에 결박된 왼손의 중지를 튕겨서 진자강의 늑골 가장 아래 뼈를 강타했다. 골반뼈에서 앞으로 튀어나온 뾰족한 부분으로 진자강의 하복부 방광을 격타하기도 했다.

퍽 퍼버벅!

진자강은 잠깐 사이에 여섯 군데 이상의 타격을 받았다. 맞은 부위가 전부 금이 가거나 살갗 안쪽의 핏줄이 파열되었을 것이다.

겨우 눈 한 번 깜빡할 시간이었다. 둘은 아직 바닥에 떨어지기도 전이었다.

마지막으로 범몽이 고개를 살짝 뒤로 젖혔다. 철두공으로 머리를 박살 내려는 듯했다. 그런데, 그 순간에 진자강의 몸이 갑자기 꿀렁거렸다.

범몽은 일순간 멈칫했다. 진자강은 철포삼으로 둘러진 자신의 호신강기를 뚫지 못한다. 몸이 엉키어 붙어 있는 상태라 탈혼사도 부리지 못하고 금나수도 쓸 수 없는 상황.

한데?

'으흠?'

범몽은 이제껏 불길함을 느꼈을 때 망설인 적이 없었다. 하지만 이번엔 진자강이 아무것도 할 수 없다고 생각했기에 이 불길함에 잠깐 무방비로 있던 것이 실수였다.

투학!

왼쪽 옆구리에서 터진 파열음이 반대쪽 옆구리로 터져 나갔다. 온몸의 내장이 반대쪽으로 쏠린 것 같은 충격이 왔다.

범몽은 더 생각하지 않고 곧바로 천근추를 써서 더 빠르게 몸을 추락시켰다.

진자강은 탈혼사의 한쪽 고리를 위로 던져 구멍 난 갑판의 부러진 판자에 걸었다.

핑그르르.

둘을 휘감고 있던 탈혼사가 풀리면서 둘의 몸이 역으로 뱅그르르 돌았다. 진자강은 탈혼사를 잡은 채 허공에 매달렸고, 범몽은 연이어 회전하며 짐칸 바닥에 착지했다.

쿠웅!

탈혼사에서 자유로워진 범몽이 짐칸에 쌓여 있던 궤짝을 들어 중간에 매달린 진자강에게 던졌다.

진자강이 바닥으로 뛰어내렸다. 궤짝은 진자강의 머리를 스치고 갑판을 부수며 틀어박혔다.

범몽의 민머리에 울긋불긋한 핏줄이 도드라지게 튀어나왔다.

범몽이 분노하며 소리쳤다.

"네 이놈, 중경에서 만난 것이 누군지 알겠구나!"

무당 촌경.

일촌 거리의 싸움. 소림사에 교룡독천이 있다면 무당파에는 촌경이 있다. 그러나 범몽은 더 윽박지를 여유가 없었다. 왼쪽 옆구리의 철포삼이 깨져 나가면서 내상을 입었고, 가사가 찢어발겨진 자리에는 침 한 자루가 박혀 있기까지 했다.

촌경으로 철포삼을 부수면서 천지발패로 독침을 순식간에 꽂아 넣은 것이다.

으드득.

범몽이 처음으로 살기를 띠고 이를 갈았다.

정말로 지독한 놈이다. 철포삼을 파훼할 수법이 있었으면서 최후에 최후까지 아껴 두고 있었다. 가장 필요한 때에 치명적으로 사용하기 위해서!

덕분에 범몽은 체내에 침입한 수라독을 막아 내느라 내공의 운용에 심각한 지장을 받게 되었다.

그때, 갑판 한쪽이 날카롭게 잘려 나가면서 불기가 뛰어내렸다.

"아직 끝났다고 생각하지 말거라!"

불기는 짐칸에 외발로 거칠게 착지했다. 그러고는 범몽을 향해 이를 드러냈다.

범몽도 얼굴을 잔뜩 찌푸린 채 불기와 진자강을 노려보았다.

그런데.

범몽의 표정이 변했다.

진자강도 마찬가지였다.

발 한쪽이 뒤틀려 있어 외발로 선 채 씩씩거리며 살기를 줄기줄기 뿜어내는 불기의 뒤.

온갖 짐들이 차곡차곡 쌓여 있던 짐칸.

거기에 왜, 언제부터 있었는지 알 수 없이 눕혀져 있던 관 하나가 소리 없이 세워진 것이다.

불기가 이상한 눈빛을 하고 있는 범몽과 진자강을 향해 고함을 질러 댔다.

"뭐. 뭐!"

끼이이…….

불기의 바로 뒤에 세워진 관의 뚜껑이 열렸다.

천장 쪽 갑판의 부서진 구멍에서 운정이 거꾸로 고개를 들이밀었다.

"독룡 도우! 괜찮으신…… 으아악! 저게 뭐야!"

운정이 비명을 지르는 순간, 불기는 얼굴이 굳었다.

들리지는 않는다. 그러나 자신의 뒤에서 무슨 일인가가 벌어지고 있다는 걸 알았다.

불기가 턱에 힘을 주고 뒤를 천천히 돌아보았다.

열린 관 뚜껑. 관 안에서 비쩍 마른 노인 한 명이 서늘한 눈빛으로 불기를 내려다보고 있었다.

"뭐야, 또 이건."

불기가 입술을 이죽거리면서 태을지검을 힘주어 그러쥐었다. 태을지검의 검첨에서 검강의 빛이 빛났다. 노인의 얼굴에도 검강이 뿜는 빛이 비치어 어른거렸다.

하나 노인은 꿈쩍도 않았다. 부릅뜬 눈으로 불기를 내려다볼 뿐이다. 노인은 가슴에 양손을 얹고 있었는데 양손을 모두 붕대로 친친 감고 있어서 어딘가 섬뜩해 보였다.

"기껏해야 빈의관 패거리 주제에 뭔데 무게를 잡고 있……."

불기가 바로 손을 쓰려는 찰나였다.

슈우우우.

태을지검에서 연기가 피어올랐다.

내공이 바닥을 드러내기 시작한 것이다. 내공이 급격하게 소진되고 있었다.

노인, 영현사의 눈이 가늘어졌다. 마치 눈이 웃는 것처럼 보였다.

불기가 소리를 질렀다.

"이놈이나 저놈이나! 감히 나를 깔보느냐!"

불기는 번개처럼 관 안에 있는 영현사의 가슴에 검을 꽂아 넣었다.

쉬익, 검이 뿌리는 연기가 짙어졌다. 영현사가 순간적으로 튀어나오며 붕대를 감은 양팔의 팔뚝 사이에 태을지검을 끼우고 비틀었다.

까앙!

태을지검이 반으로 뚝 부러졌다.

불기의 얼굴이 잔뜩 상기되었다.

검강이 사라지는 정확한 순간에 검신을 부러뜨리다니! 보통의 내공이 아니다.

울컥.

내공이 연결되어 있던 검이 손상되자 기혈이 진탕되어 불기의 입에서 핏물이 새어 나왔다.

영현사는 불기의 왼 손목을 발로 차서 반 토막 난 태을지검을 공중으로 띄우고, 붕대가 감긴 손으로 불기의 머리채를 잡아서 관짝 속으로 처넣었다.

"이노옴!"

쾅!

불기의 고함과 함께 영현사가 관 뚜껑을 닫아 버렸다. 머리채를 잡은 손의 힘이 어찌나 세었는지 한 움큼의 머리가 뜯긴 채로 붕대에 붙어 있었다.

쿵쿵쿵! 불기가 벗어나려 안쪽에서 관을 두드렸다.

영현사가 한 손으로 관 뚜껑을 밀고 다른 손은 위로 들었다. 부러진 태을지검이 공중에서 떨어지다가 영현사의 손에 쥐어졌다.

영현사는 주저 없이 부러진 검을 닫힌 관 뚜껑에 박아 넣었다.

퍽, 퍽, 퍽!

불기가 반항하며 내던 소리가 순식간에 사라졌다.

영현사는 피 묻은 태을지검을 던져 버렸다.

끼이익.

관 뚜껑이 열리고 가슴이 피투성이가 된 불기가 썩은 고목나무처럼 앞으로 엎어졌다.

쿵…….

불기는 아직 죽지 않았는지 몸을 꿈틀거렸다. 태을지검이 반으로 부러져서 깊이 찔리지 않은 때문인 듯했다.

영현사는 벌레처럼 꿈틀대는 불기를 잠시 내려다보며 말했다.

"삶은 작일(昨日)이요, 금일(今日)이요. 죽음은 금일이며, 곧 명일(明日)이다. 삶과 죽음은 따로 있지 않으나 삶은 기

(既) 경험해 온 것이요, 죽음은 경험하지 못한 미지(未知)다."

영현사가 시체처럼 고저 없는 목소리로 말을 내뱉다가 고개를 돌려서 범몽과 진자강을 쳐다보았다.

"이제 그대들은 아직 맞이하지 못한 죽음에의 영접(迎接)을 위한 준비를 해야 할지어다. 죽음의 과정은 길고 고통스러우며 끔찍하다. 경외하고 두려워하라. 또 슬퍼하고 절망하라. 죽음이 그대들을 기다린다."

범몽이 어처구니가 없다는 투로 영현사를 보며 말했다.

"영현사. 그대들 빈의관이야말로 삶보다 죽음에 더 가까이 있는 자들이 아닌가."

영현사가 대답했다.

"우리 빈의관은 타인의 죽음으로 본인의 삶을 이어 간다. 우리에게 죽음은 곧 삶을 영위하는 길이니, 죽음은 오직 너희들만을 위한 것이니라."

"껄껄껄! 그대의 말은 틀렸네!"

범몽이 영현사를 손가락질하며 말했다.

"사람은 오온(五蘊)이 잠시 모여 이루어졌을 뿐이므로 생기소멸(生起消滅)로 인한 세상의 연기(緣起)에는 독자적인 자성(自性)이 없네. 하여 우리가 바라보는 모든 것은 오로지 공(空)! 죽음 또한 공! 삶이 공이고, 곧 죽음 또한 공일세. 그대들이 죽음을 곁에 두고 살아간다는 것조차 일체의

착각이란 말일세!"

영현사가 무뚝뚝한 표정으로 대꾸했다.

"본래가 오온은 애욕으로 번뇌하며 온갖 죄업을 짓고 사는 중생들의 삶이니, 본인은 그 누구의 비난에도 거리낄 것이 없다. 죽이고 죽고 죽음을 기리는 것, 그건 본인에게 먹고 자고 배설하는 것과 다를 바 없는 삶이니라."

"흐음. 나무아미타불, 나무아미타불. 마귀의 말이로다. 마군의 간사한 혀로다."

영현사가 붕대를 감은 손으로 범몽을 가리키며 크게 꾸짖었다.

"하나 본인은 차치하고, 공허(空虛)를 알고 태무심(殆無心)으로 살아가야 하는 승려란 작자가 어찌하여 속세의 일에 왈리왈률(曰梨曰栗) 하는 것인가. 그것이야말로 오온을 좇아 죄업을 저지르는 마귀의 본(本)이 아닌가!"

속세의 일에 감 놔라 배 놔라 하지 말라는 영현사의 호통에 범몽은 바로 대꾸하지 않았다. 그러나 묘한 표정이 걸려 있었다.

영현사가 소리쳤다.

"절복종이 언제부터 그리 혓바닥이 길었는가! 반항하지 말라. 주저하지 말라. 영겁의 고통이 죽음으로 그대들을 인도하리라."

영현사가 손을 들어 붕대를 풀었다.

스르르.

끔찍하게도 열 손가락이 모두 썩어 들어가 있었다. 한 마디의 살점이 통째로 썩어 사라지고 손톱이 있어야 할 부분에 손가락뼈가 돌출되어 있었다.

심상치 않은 독기가 손끝에서부터 풍겨 왔다.

범몽이 허허롭게 탄식했다.

"이것이 그 지독하다는 지간십독(地奸什毒)이로구나! 얼마나 많은 이의 시신을 훼손하여 독을 담근 것이더냐!"

지간십독!

천지간에 지력(地力)을 범할 만큼 불결하고 부정한 독이다. 손가락 하나하나가 모두 다른 시독으로, 열 사람이 독을 쓰는 것과 같아 지간십독이라 불렸다.

그만큼 지독하다는 것은 두말할 필요가 없는 일이었다.

범몽의 얼굴에도 긴장감이 배었다. 영현사의 눈빛이 서서히 살기를 머금기 시작했다.

"객사하여 아무도 돌보지 않는 일만 구의 시체를 거두었느니라. 이승과 저승의 사이에서 울부짖는 자들의 넋을 신심(信心)으로 위로하였느니라. 지간십독은 저승으로 향한 그들의 족적이며 이승에 남긴 마지막 토혈(吐血)이었느니라."

이미 밤이 성큼 다가와 있었다.

불빛도 없는 짐칸은 어두컴컴했다. 부서진 천장의 갑판에서 새어 들어오는 달빛이 유일한 빛이었다.

그러나 거기에 또 다른 빛이 생겨났다.

영현사의 양손 열 손가락 끝.

묘지에서 볼 수 있다는 불이 영현사의 손가락에서 빛나고 있었다.

갑판의 구멍에서 지켜보던 운정이 놀라서 소리쳤다.

"도, 도깨비불!"

영현사가 내공을 끌어 올리면서 손가락의 뼈끝에서 흘러나온 인(燐)이 시독과 결합하여 푸르면서 연한 녹빛의 신비한 색으로 발광했다.

"이제……."

영현사의 눈에서도 같은 색의 빛이 푸르스름하게 일렁였다.

"너희들 역시 울부짖을 때가 되었다."

두 개의 도깨비 눈과 열 개의 도깨비불이 범몽과 진자강을 향해 성큼 다가갔다.

진자강은 아까부터 아무 말도 않고 가만히 있다가, 운정에게 물었다.

"상인분들은 어떻게 되었습니까?"

운정은 뒤를 휙 돌아보더니 바로 대답했다.

"네! 구명선을 타고 나가는 중이고요. 빈의관의 잔당은 제압했어요. 그런데 아까부터 선원들이 보이지 않아요."

"그럼 됐습니다. 운정 도사도 따라가십시오."

"독룡 도우는요!"

"저는 할 일이 있습니다."

진자강이 목을 좌우로 움직여 우두둑 소리를 냈다.

"시작한 일은 끝장을 봐야지요."

영현사의 입술이 살짝 벌어졌다.

"가상하다. 죽음을 회피하지 않는구나."

진자강이 영현사에게 말했다.

"나는 죽음을 회피하지 않을 테니 당신은 대답을 회피하지 마십시오. 독문은 언제까지 나를 따라올 셈입니까."

"이승에서 너의 존재가 지워질 때까지. 독문 육벌이 너를 용서할 때까지."

"빈의관의 본거지는 어딥니까."

영현사의 눈썹이 살짝 꿈틀거렸다.

"무슨 의미더냐."

"당신을 죽이고 난 후, 빈의관으로 찾아가서 모두 죽이겠습니다. 그러면 앞으로 빈의관은 나를 쫓아오지 못할 것 아닙니까."

영현사의 살기가 짙어졌다.

"……."

"누군가를 죽이려 했다면 본인도 죽을 각오를 해야 하는 것 아니었습니까? 그 정도의 각오도 없이 나를 죽이러 왔습니까?"

뿌드득.

말은 하지 않았지만 영현사는 이빨을 갊으로써 분노의 표현을 대신했다.

진자강이 옥허구광 오뢰합마공으로 육광제의 내공을 전부 끌어 올렸다.

구우우우!

전신의 의복이 부풀고, 찢어진 관자놀이와 타박상을 입은 부분의 상처에서 핏방울이 거꾸로 떠올랐다.

진자강이 송곳니를 드러내고 눈꼬리를 치켜 올린 채로 웃었다.

"육벌, 그중에 나살돈은 이미 포기했으니 빈의관만 사라지면 넷이 되겠군요."

육벌 중에 나살돈을 쓰러뜨린 이상 육벌 모두와 싸우겠다는 것도 허언이라 볼 수 없었다.

하나 범몽은 어이없어하며 진자강을 쳐다보았다.

"독문 육벌이 옆집이라도 되는 줄 아느냐?"

"관두십시오."

"뭣이?"

진자강은 범몽을 똑바로 쳐다보고 말했다.

"내겐 소림사도 빈의관이나 별반 다르지 않습니다. 내게 살의를 품은 자들은 모두 적입니다."

"허어! 오만한지고!"

범몽은 화가 났으나 진자강과 싸울 때가 아니었다. 범몽은 경험이 많은 노강호다. 심지어 철포삼이 깨진 데다 수라독까지 맞아 상황이 매우 좋지 않았다.

갑자기 배가 크게 기우뚱거렸다. 무공이 뛰어난 세 사람은 거의 흔들리지 않았으나, 짐칸의 짐들이 기울어져 결박한 끈들이 팽팽하게 당겨졌다.

구구구구구.

배가 심하게 떨렸다.

가라앉고 있었다.

범몽이 눈을 찌푸렸다.

"상선의 선원들은 수적들과 연결된 경우가 많지. 우리의 싸움이 끝나면 자신들을 죽일까 봐 배에 구멍을 뚫고 달아났군."

영현사와 범몽의 눈빛이 교차했다.

배가 가라앉기 전에 승부를 내야 한다. 그것도 최대한 적은 피해로.

너비만 여덟 리가 넘는 강의 중간이다. 헤엄치든 뛰어넘든 강을 건너려면 절대로 심각한 피해를 입어선 안 된다.

그런데 그때.

쾅!

쾅!

진자강이 내공을 잔뜩 담고 발을 굴렀다.

와지끈!

바닥이 부서지며 물이 새어 들어왔다.

"무슨 짓이냐!"

범몽이 놀라 소리쳤다. 그러나 진자강은 아랑곳하지 않고 계속해서 발을 굴렀다.

쾅! 와직, 와직!

"무슨 짓이냐니까! 이대로 배를 침몰시킬 셈이냐!"

진자강이 대답했다.

"죽음이 오온이라 했습니까? 죽음을 경험하지 못하였다 했습니까? 나는 달아날 곳도, 숨을 곳도 없이 죽음이 가득한 곳에서 팔 년을 갇혀 있었습니다. 매일 눈뜨고 숨을 쉬면 늘 죽음이 옆에 있었습니다."

진자강은 살기등등한 표정으로 이를 드러냈다.

"자, 아직도 죽음이 어떤지 궁금합니까? 당신들이 말하는 죽음은 이것과 다릅니까?"

찰박.

벌써 발치에 물이 차올랐다.

진자강은 한 번 더 발을 굴러 바닥을 부쉈다.

꽝!

第二章

기명쇄

쿠르르르.

바닥에 뚫린 구멍에서 더 세차게 물이 차올랐다.

운정이 갑판 위에서 내려다보며 소리쳤다.

"독룡 도우! 미치셨어요?"

그것은 승려된 체면으로 차마 욕을 할 수 없었던 범몽이 가장 하고 싶은 말이기도 했다.

범몽은 어이가 없다는 표정을 지었고, 영현사는 진자강을 묵묵히 노려보았다.

영현사가 무겁게 입을 열었다.

"죽음은 남에게 보이기 위한 것이 아니다. 경망스럽기

짝이 없도다. 죽음을 우습게 만들지 말라!"

"죽음에, 죽는 것 외에 다른 의미가 있습니까?"

진자강의 살기 어린 조소에 영현사가 돌연 격벽을 후려쳤다.

콰자작!

두꺼운 판자가 할퀴어 찢은 듯한 흔적이 남으면서 뜯겨나갔다. 영현사는 한 번 더 옆의 벽을 후려쳤다.

쫘악! 벽이 찢어지면서 끊어진 실타래처럼 거칠게 판자가 뜯기고 동시에 그 구멍으로 물이 들어왔다.

콰아아아아!

아래에서는 물이 차오르고, 옆에서는 물이 쏟아진다.

영현사는 곧 자신의 열 손가락을 차오르고 있는 물속에 담갔다.

부글부글, 녹빛의 거품이 한 방울 두 방울 떠오르더니 퐁하고 터졌다. 거품이 터지면서 생겨난 녹색의 띠가 물살에 퍼지며 흩어졌다.

무슨 짓이냐고 물을 필요도 없었다.

곧 쏟아지는 물에 섞여 있던 작은 물고기 몇 마리가 배를 드러내고 죽은 채로 떠오르기 시작하였다.

영현사는 지간십독을 차오르고 있는 물에 풀고 있었다. 어지간하면 희석되어 독성이 약해질 텐데도 개의치 않는다는 건 그만큼 독성에 자신이 있다는 것이다.

"……."

범몽은 말이 없어졌다.

하나 진자강의 미소에는 살기가 더 짙어졌다.

딸깍. 진자강은 탈혼사를 풀어 바닥에 고리를 던졌다.

가뜩이나 어둡고 달빛만이 비쳐 드는 짐칸이다. 바닥의 물에 숨겨진 탈혼사의 실은 아예 보이지도 않게 되었다.

진자강이 팔을 흔들었다. 물속에서 탈혼사의 실이 움직였다.

스윽.

영현사의 지간십독에 중독되어 떠올랐던 물고기들이 툭툭 잘려 나갔다. 시독 때문에 검붉게 부푼 내장이 삐져나와 물 위를 떠다녔다.

진자강이 다시 탈혼사를 회수했다.

물속에 발을 담그고 있으니 함부로 움직이면 보이지 않는 탈혼사에 발목이 날아갈 수 있다는 경고다.

독을 푼 물. 그 안의 탈혼사. 쉼 없이 밀려들어 오는 강물.

"……."

범몽은 얼이 빠진 듯 그 모습을 가만히 보고 있다가 한숨을 쉬었다.

"후우. 세존이시여, 세존이시여. 이 정신 나간 자들을 어찌하오리까."

영현사와 진자강이 둘 다 기분 나쁜 표정으로 범몽을 쳐다보았다. 누가 누구에게 하는 말인가?

범몽이 소리쳤다.

"좋다! 노납이 양보하마."

"뭘 말입니까?"

"너와 네 처를 살려 주겠다."

진자강의 눈이 매서워졌다. 소림사는 당하란에 대해서까지 알고 있는 것인가?

"거절합니다."

"네게 말하지 아니하였다."

돌연 범몽은 자신의 목에 걸린 목걸이 모양의 자물쇠 장식을 끌러 내었다.

"아이야, 해아(孩兒)야. 동해(童孩)야, 유자(幼者)야. 노납이 너에게 줄 것이 있다."

해아, 동해, 유자는 모두 어린아이를 칭하는 말이다.

도대체 누구를 부르는 말인가 싶었는데, 그것은 다름 아닌 갑판 위의 운정을 부르는 말이었다.

"너에게 이 기명쇄(寄命鎖)를 양도해 주겠다."

운정이 놀라서 눈을 끔벅거렸다.

"네? 기명쇄를요?"

기명쇄는 부처와 신선의 힘으로 아이가 일찍 죽지 않도록 목숨을 잠가 둔다는 뜻으로 만든 자물쇠 모양의 장식이다. 아이가 태어나면 승려나 도사의 제자로 이름을 올리면서 이 기명쇄를 착용한다.

범몽의 기명쇄는 곧 범몽 자신과도 같은 물건이다.

"제가 왜 스님의 기명쇄를 받나요?"

"이것이 독룡과 독룡의 처를 살리기 위한 방법이다."

"그럼 독룡 도우에게 주셔야지, 왜 제게……."

"노납은 저 독룡이란 놈이 심히 마음에 들지 않으니라. 그러니 네가 나를 위해 소림에 두 마디를 전해다오."

운정은 마음이 착해서 바로 거부하지 못했다. 진자강과 당하란의 목숨이 자신의 손에 달려 있다고 생각하자 안절부절못했다.

"하지만 저는 도가의 수행자이고……."

"오직 두 마디뿐이니라."

그 두 마디가 단순한 두 마디이겠는가!

운정은 울상을 지었다.

"사실 그런 건 독룡 도우가 더 잘하긴 하거든요."

"다시 한번 말하건대 노납은 독룡을 믿지도 않을 뿐더러, 독룡을 살리고 싶지도 않다. 하여 네게 맡기려는 것이다."

"하아, 자신은 없지만 그럼 말씀해 주세요. 천존께 맹세코 전해 드리겠습니다."

범몽이 목소리를 가다듬으며 천천히 말했다.

"맹주는…… 죽고, 독문은 멸한다."

독문을 멸한다는 말에 영현사의 눈이 가늘어졌다.

하나 정작 그 말에 놀란 것은 진자강이다.

"무슨 말씀입니까?"

콸콸콸콸.

이제 물은 무릎까지 차올랐다. 중독되어 토막 난 물고기의 살점과 내장이 범몽이 있는 데까지 흘러갔다.

범몽은 뒤로 훌쩍 몸을 날려서 짐 상자의 위로 올라갔다.

범몽이 가사를 추스리며 말했다.

"섭수종이 강호의 정법을 바로잡는 데에 실패했다고 판단되면 절복종이 나선다. 절복종이 소림 밖으로 나왔을 때에는 오로지 단 하나의 임무를 위해서다."

"무엇입니까?"

범몽이 또박또박 말을 내뱉었다.

"정화(淨化)."

절복종은 수단을 가리지 않는 급진적인 방향을 선호한다.

절복종의 정화란 무력에 의한 파괴를 의미하는 것이다.

진자강은 잠시 말을 고르다가 되물었다.

"그렇군요. 대사가 자객이라 하더니, 결국 살육이 목적이었던 거군요."

"아니. 노납은 그저 선발대에 불과하니라. 남길 것과 버릴 것을 고르는 선발대."

범몽은 어느새 살기가 사라진 본래의 표정으로 돌아와 있었다. 그러나 그의 입에서 나온 말은 실로 믿기지 않는 것이었다.

"정법을 올바로 세우기 위해 강호의 모든 잡기준을 부순다. 오직 기준이 될 단 하나의 정법만을 남기고 그에 따르지 않는 모든 것들을 멸한다. 이것이 절복종이 천하로 나왔을 때, 벌어지는 일이다."

진자강이 눈을 치켜떴다. 이제야 범몽의 말이 이해가 되었다.

"하면 맹주가 죽었다는 말은 무슨 뜻입니까?"

"나는 맹주를 멸할 것인지, 내버려 둘 것인지 최종적으로 판단하기 위해 나왔다. 본래 맹주는 강호의 큰 흐름을 읽고 천기와 함께 행동하는 사람이다. 그런 맹주가 맹을 나와 너를 만났다. 이미 맹주는 스스로 내건 기치를 추진할 힘을 잃었고, 그의 뜻은 일부 너에게로 이어졌을 터이다."

맹주는 죽은 것과 다름이 없으며 동시에 후예가 있다는 걸 암시하는 뜻이다.

범몽은 진자강이 맹주를 만났다는 것에서 거기까지 유추한 것이다.

"뜻을 이었다기에는 과분하군요. 물론 그럴 생각도 없고 말입니다."

진자강의 말에 범몽이 슬쩍 코웃음을 쳤다.

"맹주는 바다와 같은 사람이다. 그의 뜻은 결코 한 사람이 품을 수 없느니라. 너는 그저 그의 의지 중 한 가닥에 불과할 뿐이다."

진자강은 범몽의 말투에서 뭔가를 느꼈다. 마치 소림사는 해월 진인의 진의를 알고 있었던 듯했다.

그 순간 깨달았다.

"맹주는……! 해월 진인은 당신들 소림사를 막고 있었던 거였습니까? 절복종이 나타나지 않게 막았던 겁니까?"

범몽은 옅은 미소를 지었을 뿐 대답하지 않았다.

진자강의 목소리에 분노가 깃들었다.

"그래서 맹주를 찾고 있었습니까? 맹주가 맹을 나온 걸 직접 눈으로 보아서 확인할 필요가 있었습니까? 맹주의 시대가 끝났는지, 아닌지를 판단하기 위해서!"

"더 알려 하지 마라. 소림이 장강이라면 너는 그 속에서 버둥대는 한낱 피라미니라!"

으드득.

진자강은 이를 갈았다.

"어째서. 해월 진인의 진의를 알고 있었다면 어째서 진작 행동하지 않았습니까. 이제 와서 정화라니. 도대체 무슨 짓을 하려는 겁니까!"

"착각하지 말거라. 소림은 오로지 정법만을 추구한다. 정법이 아니라면 어떤 것도 무의미하다. 영현사가 아니었다면 너 또한 이 자리에서 죽었을 것이다."

갑자기 영현사가 끼어들어 범몽에게 물었다.

"묻노라. 소림사는 우리 독문에 대해 어디까지 알고 있는가."

"소림은 오래전부터 독문을 주시해 왔다. 강호에 벌어진 여러 혼란의 원흉인가 아닌가는 중요치 않다. 정법은, 선후를 따지지 않는다. 독문이 수괴든 하수인이든, 이미 여러 악행에 관여하고 온당치 못한 일을 해 왔다는 것만으로 멸하기엔 충분하다."

"그 정도까지 알고 있다면 죽음의 이유로는 충분하군."

죽음의 기운을 가진 영현사의 눈이 운정에게까지 가 닿았다. 운정은 오싹해서 몸을 떨었다. 영현사는 범몽의 전언을 소림사에 전해야 할 운정을 놓아주지 않을 생각이다!

범몽이 기명쇄를 운정에게 던졌다.

"방법을 일러 주마. 기명쇄에 독룡과 처의 이름을 올리고 숭산으로 가 알려 주어라."

운정이 놀라서 소리쳐 물었다.

"그럼 우리 청성은요!"

"청성파는 노납의 소관이 아니다. 스스로 숭산에 가 묻
도록 하라. 노납의 기명쇄를 가져가면 소림은 거짓 없이 알
려 줄 것이다."

"아……!"

망연자실한 운정을 보며 진자강은 이를 꾹 깨물었다.

소림사는 독문을 없애기로 결정했다. 이대로라면 당가에
있는 당하란도 소림사에 의한 공격을 피하기 어렵다.

쉴 새 없이 부딪치는 수많은 이들의 이상(理想)과 이상과
이상.

개개인에게서 시작하여 조직, 세력에 이르기까지 수없이
부딪치는 관계(關係)와 관계와 관계 속의 관계.

마치 아비규환처럼 모든 자들이 한 마디씩 울부짖는 그
속에서 소림사는 가장 소림사다운 방식을 택했다.

소림사가 가진 가장 강력한 힘.

무력에 의한 강호의 정화.

소림사는 전 강호를 뒤집어엎어서라도 새로운 정토(淨
土)를 만들 생각이다. 그에 비하면 해월 진인의 계획은 오
히려 더 적은 피해로 사태를 정리하려는 쪽에 가까웠다.

그러나 소림사가 해월 진인이 찾고 있던 '그들'이 아니라는 보장도 없었다.

때문에 진자강은 머리가 복잡해졌다. 어떻게 판단하고 어떤 행동을 해야 하는가 선택하기가 매우 어려웠다.

그리고 그건 운정도 마찬가지였다.

"독룡 도우……."

기명쇄를 받은 운정은 곤란한 입장이었다. 청성파까지 걸려 있다면 하지 않을 수 없었다.

진자강이 운정에게 말했다.

"나를 신경 쓰실 것 없습니다."

"미안해요."

그때 범몽이 진자강에게 말했다.

"귀찮으니까 너도 그만 사라지거라."

진자강이 눈살을 찌푸렸다. 범몽이 웃음기도 없이 말했다.

"네가 방해돼서 저자를 죽이지 못하면, 어린 도사가 죽을 테고 도사가 죽으면 네 처도 죽겠지."

콰르르르…….

물은 이제 거의 허리까지 차올라 있었다.

영현사가 말했다.

"유언은 다 끝났는가?"

"그런 것 같네."

이어 범몽은 어깨에 걸친 가사를 내리고 장삼을 벗어젖혀 허리까지 끌러 내렸다. 온갖 흉터 자국이 남아 있는 상체의 맨몸을 드러내고 양팔을 자유롭게 했다.

옆구리, 독침이 꽂힌 자리의 주위로 붉은 꽃이 피어 있었다.

적멸화다.

범몽이 양손을 합장하듯 모았다.

고오오오오, 드러난 상체가 달아오르더니 눈에서 광채가 영롱히 빛났다.

동시에 적멸화가 갑자기 급속도로 주위에 하나둘 늘어났다.

범몽이 내공으로 수라독을 틀어막는 걸 포기하고, 금란철주마저 벗고선 전 내공을 다 끌어모으기 시작한 것이다.

부르르르르.

범몽의 몸이 떨렸다.

퐁……, 퐁.

범몽이 딛고 선 짐 아래, 세차게 들어차고 있는 물의 수면에 동심원이 생겨나며 물방울들이 거꾸로 튀어 올랐다.

퐁…… 퐁 퐁퐁퐁!

물방울들의 튕김이 심해지면서 범몽을 중심으로 물보라가 소용돌이처럼 일었다.

끼이이이익!

범몽의 내공 때문에 배가 흔들리고 기울었다.

운정이 소리쳤다.

"독룡 도우!"

범몽의 말은 허풍이 아니었다.

소림사의 전대 십이 금강 중 한 명이 전력을 다해 끌어올린 내공이다. 이미 이 커다란 배가 흔들릴 정도면 이후에는 거의 배가 박살이 날 정도의 공격이 있을 터였다.

그 전에 탈출해야 한다. 헤엄을 못 치는 진자강으로서는 휩쓸려서 정신이라도 잃으면 끝장이다.

범몽이 일기가성으로 기합을 내질렀다.

"오오오오!"

범몽은 오른손을 크게 뒤로 당겼다.

전신의 살갗이 바짝 조여지며 가슴과 복부의 근육이 팽팽하게 당겨지고, 불거진 힘줄이 어깨에서 오른손으로 쭉 이어졌다.

푸투투투! 범몽의 발아래, 회오리치는 수면에서 물방울이 아까보다 더 거칠게 튀었다. 거의 끓어오르듯 터지고 있었다.

진자강은 급히 탈혼사를 위쪽 구멍으로 던져 올렸다. 운정이 탈혼사의 고리를 잡아 주었다.

"어서요!"

운정이 탈혼사를 잡고 진자강을 끌어 올렸다. 진자강도 탈혼사를 감으며 빠르게 위로 올라갔다.

영현사가 크게 노호성을 지르며 몸을 젖혔다.

"달아나지 못한다!"

하반신이 물에 잠겨 있던 영현사가 선 채로 여러 번 발을 차듯이 물장구를 쳐서 물 위로 뛰어오르곤 수면 위를 건너 뛰어 진자강에게 달려갔다. 아니, 목표가 진자강이 아니었다.

영현사가 달려가며 손가락으로, 정확히는 돌출된 손가락뼈로 천장을 긁었다. 녹빛 다섯 줄기가 긴 호선을 그리며 천장의 갑판을 찢어발겼다. 운정의 눈이 크게 떠졌다. 자신의 발바닥이 같이 찢길 위기였다. 영현사의 시독은 운정이 버텨 낼 수준이 아니다!

동시에 영현사는 범몽을 향해서도 공격을 가했다. 아래에서부터 위로 반대쪽 손을 긁어 올렸다.

촤아아악! 물살을 가르며 녹빛 독기가 검기처럼 날아갔다.

범몽이 백보신권을 써서 막을 수밖에 없는 상황이었다.

만약 운정이 진자강을 놓으면 진자강은 떨어져서 백보신권에 정통으로 맞게 될 것이고, 놓지 않으면 운정이 당한다.

실로 절묘한 한 수였다.

하여 운정은 고민했지만, 범몽은 고민하지 않았다.

"이여업!"

범몽의 오른팔이 휘둘러졌다.

콰아아아아아—!

범몽의 앞에 거대한 물길이 트였다.

허리 높이까지 꽉 차 있던 물이 좌우로 갈라져 벽으로 밀려나고 그 가운데를 집채만 한 덩어리의 권풍이 쓸고 지나갔다.

운정은 거의 우는 얼굴로 탈혼사를 잡고 힘껏 끌어 올렸다.

"으아아아!"

아슬아슬하게 백보신권의 권풍이 진자강을 지나갔다.

한데 범몽을 향해 날렸던 독기는 물론이고 갑판 위의 운정을 향해 날아가던 독기도 순식간에 권풍에 휩쓸려 버렸다. 범몽이 고민하지 않은 이유가 있었다!

워낙 권풍의 덩어리가 거대하여 권풍이 지나갈 때마다 판자의 사이사이에 박혀 있던 나무못들이 전부 튕겨 나갔다.

터터텅!

짐칸의 천장을 이룬 갑판의 판자들마저도 죄다 결이 갈라지며 쩍쩍 조각이 튀었다.

영현사조차 백보신권의 위력을 이 정도까지는 예상하지 못한 듯했다.

영현사는 순식간에 백보신권에 휩쓸렸다.

쾅! 콰자작! 콰콰쾅!

영현사가 튕겨 나가며 뒤쪽에 쌓여 있던 짐과 격벽이 전부 산산조각이 났다.

하나의 격벽을 부수고 그 뒤로, 또다시 뒤에까지.

잠깐 사이에 커다란 원형의 동굴 같은 파괴의 흔적이 생겼다. 나사산(螺絲山) 모양으로 형성된 흔적이었다. 백보신권은 걸리적거리던 모든 것을 바스러뜨려서 뒤틀어 버렸다. 영현사는 거의 선미까지 밀려난 잔해들에 처박혀서 보이지도 않았다.

콸콸콸.

좌우로 갈라졌던 물들이 제자리를 찾고, 이음새가 죄다 뒤틀린 판자들 사이로 강물이 쏟아져 들어왔다.

운정은 너무 놀라서 뒤로 주저앉아 가쁜 숨을 내쉬었다.

"헉헉헉!"

갑판 위에 올라선 진자강도 이 같은 광경에 입을 다물지 못하였다. 소림사에는 이러한 전대의 금강승이 열한 명, 혹은 그 이상이나 더 있는 것이다.

"독룡 도우! 빨리 달아나요!"

운정이 재촉했다. 하지만 아래를 내려다보던 진자강은 선뜻 발을 떼지 못했다.

"잠깐만 기다리십시오."

갑판 밑 어두운 선실의 짐칸, 범몽이 아직 자세를 풀지 않은 모습이 힐끗 보였다.

범몽은 다시 이어서 왼손마저 뒤로 당기고 있다. 언제든 권풍을 쓸 수 있도록.

저 백보신권을 맞고도 영현사가 살아 있다?

콸콸 쏟아진 물들이 짐 위에 서 있던 범몽의 다리까지 차올랐다.

범몽은 매서운 눈으로 물속을 노려보았다. 그리고 이내 연한 녹색의 불빛이 물속에서 반짝이는 걸 보았다.

영현사가 상어처럼 물속을 헤엄쳐 범몽을 향해 다가오고 있었다.

범몽은 기다렸다는 듯 왼손을 당겼다가 힘껏 던지듯 휘둘렀다. 아니, 휘두르려 했다.

"……!"

범몽의 눈이 크게 떠졌다.

물속에 잠겨 있는 범몽의 발에 칼이 박혔다.

불기가 수면 위로 서서히 머리를 들어 올렸다. 산발이 된 머리칼과 핏빛 눈이 여전했다.

"나…… 건드리지 말라고 했지……."

불기는 물속에서 시독을 잔뜩 먹어 온몸이 시커멓게 되어 있었다. 곧 죽어도 이상하지 않다. 그럼에도 끝끝내 범몽에게 해코지를 하고 말았다.

게다가 손에 쥔 것은 부러진 태을지검이었다.

잠시 어처구니없는 얼굴로 불기를 바라보던 범몽이 웃었다.

"껄껄껄!"

"웃어? 아아, 그럴 수 있지. 그럴 수 있어. 그런데 본인은 매우 기분이 나쁘군!"

불기가 범몽의 발등에 박힌 칼을 옆으로 비틀며 헤집었다. 아프지 않을 리가 없다. 범몽의 머리통이 새빨개지고 핏줄이 돋았다. 피가 줄줄 뿜어져 물속을 물들이고 있었다.

하지만 범몽은 웃음을 멈추지 않았다.

"참으로 가련하도다. 그대도 애초에는 독룡을 노리고 온 것이 아니었겠는가."

불기가 악에 받쳐서, 하지만 그 역시 실성한 듯 웃으며 소리쳤다.

"지옥에 가서도 잊지 마라. 나 불기를!"

어차피 불기는 귀가 들리지 않아 말이 통하지 않는다.

범몽은 서서히 웃음기를 지웠다.

"귀가 멀었어도 노납이 한 말은 기억하겠지."

눈가에 살기가 돌았다.

"노납은 이미 본인 앞에서 힘자랑하는 자들을 싫어한다고, 말, 했, 느, 니라!"

촤아아악!

어느새 가까이에 다가온 영현사가 물에서 튀어나와 그림 자처럼 위에서 범몽을 뒤덮었다. 영현사의 몸은 거의 나체에 가까웠다. 옷이 전부 갈가리 찢겨 나가고 살갗도 쥐어뜯긴 것처럼 뜯겨 있었다.

하나 백보신권을 한 번은 버텨 낸 것이다.

그 와중에도 불기는 칼을 뽑아 맨살이 드러난 범몽의 옆구리를 찍고 또 찍었다.

"죽어! 죽어!"

옆구리가 너덜거릴 정도로 패서 피가 뿜어졌다.

영현사가 범몽을 손가락뼈로 후려쳤다. 극도로 찡그린 얼굴이 된 범몽은 철두공을 이용해 영현사의 손을 들이받았다.

까가가가각!

손가락뼈와 철두공이 부딪쳐 기괴한 소음과 마찰을 일으켰다. 손가락뼈가 머리 껍질을 밀어내고 조금씩 범몽의 머리를 파고들었다.

찍힌 자리에서부터 생겨난 검붉은 핏줄이 서서히 짙어지며 범몽의 머리를 거미줄처럼 덮기 시작했다.

범몽의 턱과 목에 핏대가 솟았다. 누런 황금빛이 감돌던 눈자위도 서서히 피로 물들어 갔다. 불기는 계속해서 범몽의 바짓가랑이를 붙잡고 옆구리를 후벼 파는 중이었다.

그의 상체에 엄청난 기세로 적멸화의 숫자가 늘어났다.

범몽은 마지막 힘을 다해 왼팔을 휘둘렀다.

영현사가 백보신권을 눈치채고 반대쪽 손으로 범몽의 왼팔을 가로막았다.

턱!

범몽의 왼 주먹에 영현사의 손가락뼈가 틀어박혔다.

부르르르, 범몽의 왼 어깨와 영현사의 오른팔이 힘겨루기를 하며 떨렸다.

뚜둑, 뚜둑. 누구의 몸에서 들려오는 것인지 알 수 없는 관절의 파열음이 들려왔다.

영현사도 온 힘을 다하고 있었다. 코앞에서 백보신권을 다시 맞을 순 없었다.

범몽의 눈이 더 크게 번쩍 뜨였다.

"이여어— 어— 업!"

범몽의 백보신권이 위에서 아래로, 작렬했다.

영현사의 오른팔도, 범몽에게 붙어 있던 불기도 한꺼번에 쓸려 나갔다.

"다들, 잘 가시게나!"

구우우우욱.

마치 용암을 토해 내기 직전의 화산처럼 묵직한 저음이 응축되었다. 배가 자잘하게 진동했다.

갑판 위의 진자강과 운정은 서로를 마주 보았다.

위험하다!

둘이 선미를 향해 뛰었다.

동시에 배의 선수 쪽, 세 사람의 고수가 싸우고 있던 짐칸에서 엄청난 크기의 물기둥이 십수 장이나 치솟아 올랐다.

콰아앙!

"우아아아아!"

이어 배까지도 통째로 떠올랐다.

진자강도 공중에 튕겨 날렸다. 몸을 뒤집어 자세를 잡고 아래를 보니, 쪼개져서 허공에 떠 있는 배와 그 아래 수면에 거대한 공동(空洞)이 생겨난 장강의 모습이 보였다.

물고기들마저도 공중에서 펄떡대고 있었다.

콰오오오오.

공동이 닫히며 거센 소용돌이를 일으키고, 선수가 동강 난 배는 그 아래로 떨어지고 있었다.

어마어마한 위력에 감탄하기도 전에 무엇이든 붙잡고 버텨야 했다. 이대로 배가 소용돌이 위로 떨어지면 산산조각이 날 터였다.

진자강은 급히 탈혼사를 뻗어 돛대를 묶고 쭉 당겨서 이동했다. 빠르게 고개를 돌려 운정을 찾아보니 보이지 않았다.

진자강은 어쩔 수 없이 돛대에 탈혼사로 몸을 묶었다.

배가 추락했다.

와지― 끈!

진자강은 수면에 옆구리를 부딪혔는데 마치 돌바닥에 들이받은 것 같은 느낌을 받았다. 돛대에 몸을 묶었음에도 밑으로 쏠리는 충격과 동시에 위로 튕겨 나가는 충격을 연이어 받으며 크게 휘청거렸다.

콰자작!

이미 내구력이 약해질 대로 약해진 배는 여지없이 박살

이 났다.

배가 떨어진 후에 위로 쏟아진 물의 양이 엄청나서 다시 한번 휩쓸려 나갈 정도의 충격이 있었다. 돛대도 반이 뚝 부러져서 빙그르르 돌았다.

진자강은 부러진 쪽의 돛대에 있었으나 탈혼사로 고정한 덕에 겨우 물에 반쯤 잠긴 채로 버틸 수 있었다.

"운정 도사!"

진자강이 소리쳐서 운정을 불렀다. 늑골이 뜨끔했다. 범몽에게 맞은 부분이 재차 충격을 받아 부러진 듯했다.

"여, 여기예요! 콜록콜록."

다행히도 운정의 목소리가 들려왔다.

진자강이 눈으로 흘러드는 물기를 닦아 내고 고개를 들어 보니 온갖 잔해와 부서지다 만 선미가 강 위에 떠 있었다. 운정이 뒤집힌 선미 쪽에 있었다.

진자강은 탈혼사를 풀고 부러진 돛대에 올라가 운정이 있는 선미까지 뛰었다.

그런데, 운정의 뒤에서 시커먼 그림자와 인이 빛나는 밝은 도깨비불이 튀어나오는 게 아닌가!

"뒤쪽!"

운정이 황급히 뒤를 돌아보았다. 선미 쪽으로 영현사가 올라왔다.

영현사는 오른팔이 너무 비틀려서 어깻죽지까지 돌아가 있었으며, 오른팔 팔꿈치 아래는 비틀리다 못해 찢겨서 떨어져 나가 없었다. 몸 곳곳에는 부러진 나뭇조각이 박혀 있었고 살이 찢겨서 근육이 드러나 있기도 했다.

누가 봐도 심각한 상태였다. 그러나 눈빛만은 여전히 섬뜩했다.

"아……, 으아…….

운정이 놀라서 말을 못 잇다가 제종과 쌍홀을 꺼내려고 황급히 품을 뒤졌다. 하나 난리 중에 사라졌는지 없었다. 범몽이 준 기명쇄만 손에 걸려 나왔다.

"옆에 칼 있습니다!"

운정이 주저앉은 옆에 부러진 칼이 박혀 있었다. 운정은 겨우 일어서서 칼을 뽑아 들었다. 그러나 칼끝이 덜덜 떨렸다.

영현사는 왼손으로 귀찮은 것을 치워 버리듯 칼을 쳐 냈다. 운정은 허무하게 칼을 놓쳐 버렸다. 칼은 멀리 날아가 강에 첨벙 빠졌다.

"죽인다."

영현사의 말에 운정이 겁을 먹고 엉덩방아를 찧었다.

영현사는 운정의 바로 지척에 있었고, 진자강은 뒤집힌 선미의 끝 쪽에 있었다. 열 걸음도 넘는 거리였다.

영현사가 운정의 녹빛을 발하는 손가락뼈를 드러내며 손을 치켜들었다.

"기명쇄를 내놓아라!"

영현사의 외침에 운정은 그것만은 빼앗기지 않으려고 가슴에 꼭 품었다. 기명쇄에 진자강과 청성파의 운명이 달려 있었다.

"나, 난 글렀어요. 미안해요. 미안해…… 엉엉. 하지만 이것만은 주지 않을 테야."

운정이 울었다.

"아니. 울지 마십시오. 그냥 그대로 계십시오."

진자강은 길게 심호흡을 하며 침 한 자루를 꺼내 들었다.

진자강이 침을 오른손의 검지와 중지 사이에 끼우고 코 앞에 들어 내밀었다.

영현사는 운정을 향해 손을 뻗다가 눈을 들어 진자강을 노려보았다. 영현사는 가쁜 호흡으로 숨을 몰아쉬면서 말했다.

"후욱, 후욱, 독침 하나로 나를 어찌하기 전에 이 도사는 죽는다. 그리고 나는 기명쇄를 부숴 너와 너의 처도 소림사의 손에 죽게 만들 것이다."

진자강이 침으로 영현사를 겨눈 채 천천히 말했다.

"운정 도사. 그에게 기명쇄를 넘겨주십시오."

"네?"

운정도 뜻밖이었고, 영현사도 마찬가지였다.

영현사가 의문의 눈초리를 했다.

"이 도사만은 살려 달라는 것이냐?"

진자강은 그의 말에 대답하지 않고 운정에게 독촉했다.

"어서 주십시오."

"하, 하지만……."

운정은 진자강을 쳐다보다가 떨리는 손으로 기명쇄를 들었다. 영현사는 불신의 빛으로 진자강과 운정의 손에 들린 기명쇄를 연이어 보았다.

그 순간, 진자강이 반대쪽 어깨로 팔을 당겼다가 오른손을 앞으로 쭉 뻗었다.

섬절의 수법으로 야음을 타고 거의 보이지도 않는 속도로 침이 날아갔다. 달빛에 아주 잠깐 반짝임이 보였을 뿐이었다.

영현사는 그럴 줄 알았다는 듯 상체를 뒤로 젖히며 왼손으로 방어 태세를 취했다. 한데 진자강이 던진 침은 영현사가 아니라 운정의 손에 맞았다.

"아얏!"

운정의 손목에 침이 꽂히며 기명쇄를 놓쳤다.

빗나갔다!

운정의 손에서 기명쇄가 떠올랐다. 자연스럽게 영현사의 눈이 떠오르는 기명쇄를 따라갔다.

영현사는 어두운 탓에 침이 빗나갔다 생각하고 피식 웃었다가 자기도 모르게 퍼뜩 긴장했다.

기명쇄가 자신의 시야를 가리고 있다는 걸 깨달은 것이다.

영현사는 안력을 돋우면서 전방을 주시했다. 기명쇄가 정확하게 앞을 가려 진자강의 몸통과 얼굴이 보이지 않는다. 진자강의 왼손이 앞으로 뻗은 자세만 겨우 확인했다.

조금 전 던진 침은 오른손이었다!

그사이에 다시 한번 침을 던진 것이리라!

'어디냐!'

영현사는 전체의 시야를 둥그렇게 말아서 최대한 많은 풍경을 동시에 담는 광안법(廣眼法)을 사용했다. 동시에 최대한 안력을 돋우어 작은 움직임조차 놓치지 않도록 하였다.

과연, 영현사의 생각대로였다.

전면이 아니라 오른쪽으로 크게 침이 휘어져 날아오는 걸 볼 수 있었다. 완전히 시야를 벗어나 지독할 정도로 포물선을 그리며 날아오는 침이었다. 만약 광안법을 쓰지 않았으면 보지 못하였을 뻔했다.

영현사는 오른팔로 침을 잡으려다가 문득 자신의 오른팔이 끊어져서 사라졌다는 걸 자각하곤, 몸을 틀어서 왼손을 내밀었다. 진자강이 던져 낸 침이 손가락뼈에 맞고 튕겨 나갔다.

하지만 영현사는 일순간 몸이 굳고 말았다.

침을 던진 진자강의 모습이 흐릿해진 때문이다.

'잔상?'

등줄기가 서늘해졌다. 자신은 독침을 쳐 내느라 오른쪽으로 몸을 돌리고 있었다. 등이 비었다. 오히려 원래 서 있던 방향에서 왼쪽으로 사각이 생겨 버리고 만 것이다.

영현사는 다시 눈을 크게 떴다.

보인다.

진자강이 왼쪽으로 쇄도하고 있는 모습이 뚜렷하게 보였다.

영현사는 눈을 부릅뜨고 원래 방향으로 몸을 틀면서 왼손을 크게 휘둘러 긁었다. 독과 인이 결합해 생겨난 연녹색 불꽃이 허공을 갈기갈기 찢으며 광풍이 휘몰아쳤다.

콰아아!

운정의 머리 위로 영현사의 왼팔이 지나갔다. 허공에 뜬 진자강의 몸에도 다섯 줄기의 녹빛 균열이 생겨났다.

그러나 영현사의 손가락은 더 앞으로 나아가지 못하고 공중에서 멈추었다.

티이잉!

손가락뼈가 눈에 잘 보이지도 않는 실에 걸렸다. 몇 가닥의 실이 허공을 가로질러서 영현사를 감싸는 중이었다.

영현사의 눈이 커졌다.

분명히 잔상이 앞에 있는데 어째서 탈혼사가 뒤에서부터 날아와 자신을 옭아매고 있는가?

진자강의 잔상이 흩어져서 허공에서 스러져 갔다.

역잔영 혼신법.

영현사가 만들어 낸 균열도 진자강의 잔상과 마찬가지로 허무하게 점점이 빛을 내며 흩어졌다.

영현사의 머리카락이 바람에 펄럭거렸다.

"……."

영현사의 손가락뼈와 가슴, 어깨에 탈혼사가 감겨 있었다.

영현사는 등 뒤의 인기척을 느꼈다. 숨소리, 체온, 심장 박동이 모두 느껴졌다.

영현사는 왼손을 뻗은 채로 움직이지 못했다. 움직이는 순간 탈혼사에 몸이 토막 나 죽는다는 걸 깨달았다.

이쯤 되면 영현사도 감탄할 수밖에 없었다.

도대체 심계를 얼마나 겹겹이 깔아 둔 것인가.

장담컨대 누구라도 지금의 심계에는 걸려들 수밖에 없었을 터였다.

진자강이 영현사의 등 뒤에서 조용히 물었다.

"독문은 무엇을 노리고 있습니까. 무슨 흉계를 꾸미고 있기에 소림사까지도 적대할 수 있었습니까."

영현사가 실소를 머금었다.

"흉계라…… 독문의 세상을 만드는 것. 독문이 강호에 군림하는 것. 강호에서 난 자라면 누구나 생각하는 것이다. 그리 생각하는 게 죄인가?"

진자강은 미간을 살짝 찡그렸다.

역시나 독문은 해월 진인이 찾는 '그들'이 아니다. 그들과 어떤 관계가 있을 수는 있어도 장본인이라고는 할 수 없다.

독문의 목적은 너무나 뻔하고 분명하지 않은가.

그러나 거기에는 심상치 않은 기류가 있었다.

정의회가 발족했다.

소림사의 절복종이 나섰다.

독문이 움직이고 있다.

북천 사파도 극비리에 남하했다.

맹주 해월 진인의 피습을 기점으로 무림의 주도권을 잡기 위해 강자들이 준동하는 가운데, 무엇인가가 벌어지고 있었다.

진자강이 가야 할 길도 그 가운데에 있었다.

백화절곡과 약문을 이렇게 만든 자들도 또한 그 틈에 있을 터였다.

절대로 그들을 놓치지 않을 것이다.

짧은 침묵의 시간이 흐르다가 영현사가 물었다.

"이제 어쩔 셈이냐."

"나는……."

진자강이 잠시 말을 끊었다가 오히려 되물었다.

"말해 보십시오. 빈의관은 아직도 나를 쫓을 생각이 남아 있습니까?"

"당연한 소리를 하는구나. 나살돈은 포기했어도 우리 빈의관은 포기하지 않는다."

"그럼 빈의관을 없애겠습니다."

"굴복하지 않는다."

"존중하겠습니다. 나는 백화절곡의 출신이며 약문의 후예입니다. 만일 나의 복수가 부당하다고 생각한다면 지금 말씀하십시오."

영현사의 눈에 독한 빛이 어렸다.

"독문은 꺾이지 않는다! 빈의관 또한 마찬가지다!"

"그럼, 지옥에서 기다리십시오."

"이노오옴!"

영현사가 허리를 비틀면서 그 힘으로 탈혼사에 걸린 손가락뼈를 힘껏 밀었다. 탈혼사를 끊어 버릴 생각이었다.

진자강은 탈혼사를 꽉 잡고 당기면서 오른손으로 촌경을 사용했다.

투학!

영현사의 등에 촌경이 작렬했다. 영현사의 몸이 앞으로 세차게 떠밀렸다. 등이 활처럼 크게 휘었다. 탈혼사가 영현사의 가슴과 어깨에 손가락 한두 마디 정도로 파고들었다.

그러나 아직 탈혼사는 팽팽히 당겨져 있었다. 완전히 영현사를 자르진 못했다.

손가락뼈에 걸린 한 줄기가 더 이상의 전진을 막고 있었다.

영현사가 핏발 선 눈으로 온 힘을 다해 손을 밀었다. 손가락뼈 끝에서 진한 인의 불꽃이 생생하게 빛났다.

"크오오오오!"

진자강도 온 힘을 다해 탈혼사를 당기면서 다시 한번 발경했다.

투학!

동시에 금(琴)의 줄이 끊어지는 것처럼 귀를 찢는 날카로운 음이 울렸다.

띠잉!

영현사의 상체와 어깨가 토막 나서 앞으로 날려갔다. 손가락도 두 개가 잘려 나갔다.

대신 탈혼사가 함께 끊어졌다.

영현사의 토막 난 상체는 빙글빙글 날아 허공으로 날아가면서도 눈을 부릅뜨고 진자강을 노려보고 있었다.

풍덩.

그의 사체 조각들이 강에 떨어졌다.

"……."

수면은 고요했다. 더 이상 그 자리에 사람이 남아 있지 않은 탓에.

"끄…… 끝인가요?"

그제야 위협에서 벗어났다고 생각한 운정이 털썩 무릎을 꿇었다.

얼굴이 눈물범벅이 되어 있었다.

진자강은 끊어진 탈혼사를 회수해 가며 운정이 말을 할 때까지 기다렸다.

"훌쩍. 난 정말 바보 같네요."

"무슨 의미에서 하는 말입니까?"

"나는…… 사람을 해치는 것이 무섭습니다. 아무리 독룡 도우가 바보 같다고 생각해도 할 수 없어요. 칼이 싫습니다."

진자강이 별다른 대답을 하지 않고 있자 운정이 물기 어린 눈으로 진자강을 홱 쳐다보았다.

"왜, 왜 아무 말도 안 해요? 진짜 바보라고 생각하는 거예요?"

"음공도 사람을 죽일 수 있습니다."

"그, 그건 좀 다르다고요! 그러니까 칼은 그…… 손에 감촉이…… 그러니까 쫄깃쫄깃한 살코기를 씹다가 아삭하고 물렁한 비계를 씹으면 소름이 돋는 것처럼……! 응? 아니, 그러니까 제가 평소엔 육식을 안 하는데요, 이건 어쩌다……."

진자강은 대답도 하지 않고 떨어진 기명쇄를 찾아 줍고 있었다.

무안해진 운정이 볼을 부풀리고 입을 삐죽 내밀었다.

"뭐…… 독룡 도우는 사람 써는 걸 수수 썰듯 하니까 제 기분을 이해하지 못하겠죠."

"토막 난 시체를 보는 건 무섭지 않습니까?"

"독룡 도우 때문에 죽은 사람을 하도 많이 봐서 그런가…… 그건 좀……. 헤…… 헤."

운정이 어색하게 웃었다.

진자강이 주운 기명쇄를 건네자 운정은 얼결에 기명쇄를 받고 입을 다물었다.

"일단은 강을 건널 방법을 찾아야 할 것 같습니다."

"나뭇조각을 놓고 뛰어넘으면 반 정도는 어떻게 갈 것

같은데요? 물살이 세긴 하지만 반만 건너가면 헤엄이라도 칠 수 있겠죠."

"나는 안 됩니다."

"사람만 잘 죽이지…… 신법도 못 하면서……."

운정이 계속 투덜투덜했다.

"도우를 업고 가기엔 너무 위험한데."

"방법이 있을 겁니다."

그러나 마냥 한가롭게 있을 때가 아니었다. 둘이 올라선 부서진 선미는 계속해서 가라앉고 있었고 진자강이 건너기에 강가는 너무 멀었다.

그때 운정이 갑자기 뭔가를 보고 손을 들었다.

"어? 저기요."

운정이 가리킨 곳에는 여럿이 탄 작은 나룻배가 있었다. 상당한 거리에 떨어져 있었는데 이쪽을 지켜보고 있는 듯했다.

"아까 먼저 가신 상인분들이에요!"

운정이 손을 흔들었다.

"여기요! 여기! 좀 도와주세요!"

하지만 상인들은 가까이 오기를 주저하고 있었다.

운정이 진자강의 옆구리를 찔렀다.

"독룡 도우도 뭐라고 말 좀 해 봐요."

진자강이 소리를 높여 외쳤다.

"도와주십시오!"

진자강의 목소리를 들은 상인 한 명이 나룻배에서 몸을 일으키고 크게 외쳐 물어 왔다.

"다른 사람들은 어떻게 되었습니까?"

"모두 죽었습니다. 나와 운정 도사뿐입니다."

그러자 상인들은 갑자기 있는 힘껏 노를 저어 반대 방향으로 달아나기 시작했다.

"음?"

예상과 다른 반응에 진자강도 잠깐 당황했다.

운정이 어이가 없는 얼굴로 진자강을 쳐다보았다.

"왜 사람들을 쫓아내고 그래요!"

"네?"

"독룡 도우가 다 죽었다고 하면 누가 도우러 오겠어요!"

"내가 죽인 게 아닙니다만."

"그러니까 누가 그렇게 생각하겠냐고요! 도우가 다 죽였다고 생각하지."

운정이 투덜대며 말했다.

"차라리 상인분들까지 다 죽인다고 하시죠, 왜?"

진자강이 대답했다.

"그럴까요."

"으엑?"

진자강이 눈을 감았다가 떴다.

순식간에 눈에 살기가 가득해졌다.

진자강은 낮은 목소리로, 하지만 내공을 담아 똑똑히 들리도록 나룻배를 향해 말했다.

"당장 배를 돌려 오지 않으면 쫓아가서 다 죽이겠습니다."

그 순간 멀어지던 나룻배가 멈췄다. 아니, 나룻배는 계속 흐르는데 노를 젓는 사람들이 동작을 멈춘 것이었다.

잠시 후, 나룻배가 거꾸로 되돌아오기 시작했다.

진자강이 운정을 쳐다보았다.

"확실히 효과가 있군요."

운정이 입을 벌리고 멍하게 진자강을 보았다. 그러더니 휴 하고 한숨을 내쉬면서 고개를 절레절레 저었다.

어쨌거나 배를 돌리게 해서 다행은 다행이었다.

第三章

길을 찾다

"함께 가시죠."

진자강의 권유에 상인들은 화들짝 놀랐다.

"아, 아닙니다. 저희가 대협과 어찌……."

"저희는 반대쪽에 볼일이 있어서……."

상인들이 손사래까지 치면서 한사코 사양했다.

"반대쪽으로 가려면 다시 강을 건너가셔야 하는데 괜찮으시겠습니까?"

"아이구, 그럼요. 아무 문제 없습니다."

진자강이 다시 말했다.

"도움을 받은 데다 짐을 잃어 상심이 크실 터인데, 제가 따뜻한 국물이라도 대접하고 싶습니다."

상인들은 사색이 되어 진땀을 뻘뻘 흘렸다.

식사 한 끼도 아니고, 굳이 국물이라고 콕 집어 말한 것이 굉장히 불편했다.

"그……."

"저, 그게……. 저희가 배가 고프지 않기도 하고……."

진자강은 더 권유하지 않고 고개를 끄덕였다.

"알겠습니다. 그럼 저희는 먼저 가겠습니다. 도와주셔서 감사합니다."

"아닙니다! 아닙니다!"

"저희야말로 감사합니다!"

상인들이 연신 고개를 조아렸다.

진자강은 운정과 함께 강가를 떠났다. 운정이 진자강을 보며 혀를 내둘렀다.

"그거 아세요? 독룡 도우 가끔 보면 진짜 못된 거 같아요."

진자강은 말없이 미소했다.

운정이 말을 이었다.

"저는 사실 독룡 도우가 저 상인분들을 진짜로 해칠 거라고 생각했어요."

"왜 그런 생각을 했습니까?"

"저분들이 살아 있으면 독룡 도우가 절강으로 가고 있는 게 들통나잖아요. 무슨 상단에 볼일이 있어 간다면서요. 다 도망가면 어쩌려고요."

복천 도장이 운정에게는 자세한 얘기를 해 주지 않은 모양이었다.

"그런 문제라면 괜찮습니다. 전 저분들이 일부러 더 소문을 내 주었으면 좋겠군요."

운정이 알쏭달쏭한 표정을 지었다.

진자강이 말했다.

"우리는 절강으로 가지 않습니다."

"네?"

운정이 멍하게 진자강을 바라보더니 소리쳤다.

"그럼 소소는요!"

*   *   *

절강성 영파의 명소 동전호(東錢湖).

커다란 산을 배경으로 곳곳에 둥그런 섬 모양의 산봉우리들이 솟아 있어 호수라기보다는 강처럼 보이는 곳.

이곳 동전호는 아름답기로 유명한 항주 서호(西湖)보다 무려 네 배나 넘는 크기를 가지고 있어 수상에서의 활동이 일상과 매우 밀접한 관계를 갖고 있었다.

인근에 자리한 마을들 역시 크고 작은 수로와 연결되어, 집 바로 뒤쪽에 동전호로 향하는 수로가 이어진 곳들이 많았다.

그중 화려하기 이를 데 없는 한 장원.

한밤중에 그 장원의 뒷문이 활짝 열렸다. 뒷문 바로 앞에 자리한 수로에는 작은 배 여러 대가 떠 있었다.

횃불을 든 무사들이 사방을 경계하고 뒷문으로 값비싼 비단옷을 입은 상인 한 명이 나왔다.

책임자인 듯한 상인이 뒤로 손짓했다.

하인들이 장원의 뒷문을 통해 궤짝들을 들고나왔다.

무사들의 대장이 상인에게 물었다.

"어디로 보낼까요?"

중년의 상인이 대답했다.

"야육왕사와 천녕사로 나눠 보내라. 이미 말을 전해 놓았으니 짐을 옮기는 데에 아무런 무리가 없을 게다."

"네."

무사들의 대장이 하인들을 부려 배에 궤짝을 실었다.

서둘러 궤짝을 실은 배들이 수로를 타고 떠났다. 무사들의 대장도 마지막 배에 올라타 상인에게 인사를 하곤 함께 갔다.

중년의 상인은 마뜩잖은 얼굴로 배들이 떠나는 광경을 지켜보고 있었다.

"망할. 독룡이 왜 우리를 노린다는 건가. 하지만 와 봐야 소용없을 게야. 놈이 찾는 건 하나도 남아 있지 않을 테니까."

장원을 떠난 배들은 한동안 조용히 이동했다.

미로처럼 복잡하게 이어진 수로들을 지나다가 무사들의 대장이 선수로 나왔다. 대장이 손짓으로 배들을 반으로 갈라 옆 수로로 보냈다.

야육왕사와 천녕사의 양방향으로 나뉘어 갈라지는 방향이었다.

"조심해라. 만일 문제가 생길시, 물에 던져 버려. 모든 책임은 내가 진다."

무사들이 고개를 숙여 인사하고 배를 저어 떠났다.

그런데.

시야에서 어느 정도 멀어졌다 싶었을 때, 갑자기 반대 방향으로 간 배들에서 뭔가를 수로에 밀어 넣기 시작했다.

풍덩…… 풍덩.

"뭐, 뭐야?"

무사들의 대장이 놀라서 횃불을 좌우로 흔들며 나지막이 외쳤다.

"무슨 일이냐!"

혹시나 벌써 무엇인가 잘못되어 궤짝을 버리고 있는 것인가!

한데 자세히 보니 궤짝이 아니다.

"사람?"

곧 누군가 나와 손을 흔드는데 덩치가 거대한 것이 자신들 쪽 사람이 아니었다.

순간 그가 탄 배에서도 갑자기 낮은 신음 소리들이 들려오기 시작했다.

"흡!"

"흐윽!"

무사들의 대장이 놀라서 허리의 칼을 잡아 갔다.

순간 대장의 목에 고운 비단이 날아와 감겼다.

"큭!"

칼을 뽑아 자르려 했지만 몸에도 비단이 친친 감겨 버렸다.

언제 탔는지 배의 선실 가장 위쪽에 한 명의 여인이 올라서 있었다. 한쪽 팔이 없는지 소매가 비어서 펄렁거렸는데, 다른 쪽 팔에서부터 뻗은 비단이 날아와 대장의 몸을 감고 있는 것이다.

그러더니 선실에서 낯선 자들이 나와 부하들을 물에 처넣기 시작했다.

풍덩 풍덩.

대장이 버둥거렸으나 꼼짝도 할 수 없었다.

"다 끝났습니다, 선랑."

부하들을 모두 처리한 낯선 자들이 나와 보고했다. 대장
의 눈이 커졌다.

여의선랑, 단령경이 비단을 힘껏 조였다. 대장의 목이 부
러졌다.

단령경이 비단으로 감싼 대장을 배 밖으로 던졌다. 비단
이 둘둘 말리며 소매 안으로 감겨 왔다.

단령경은 다소 여윈 얼굴이었으나 사천에 있을 때보다
훨씬 당당하고 위압감이 넘쳤다.

곧 반대쪽으로 가던 배들을 탈취한 산동 사파인들이 배
를 돌려 돌아왔다.

인마 감충이 선상에 올라 자신의 불룩한 배에 양손을 올
리고 보고했다.

"깔끔하게 처리했습니다. 물건은 하나도 손상되지 않았
습니다."

사파인이 궤짝을 배 위로 들고나와 자물쇠를 도끼로 부
수고 열었다.

궤짝 안에는 수많은 장부가 들어 있었다.

"잘했네."

"헛헛, 독룡이 이런 일을 부탁해 올 줄은 몰랐군요. 그것도 청성파의 비선을 통해서."

"매우 중요한 일이란 뜻이네. 전문가에게 가져가 궤짝에 담긴 장부들을 분석하라 이르게."

"명하신 대로 따르겠습니다."

감충이 고개를 숙이고, 배 위에 있던 다른 사파인들도 모두 고개를 숙였다. 뿐만 아니라 수로의 양옆으로 잠복해 있던 사파인들 수십 명이 함께 일어나 고개를 숙여 경의를 표했다.

펄럭!

단령경이 빈 소매를 크게 휘날리며 명령했다.

"가자."

"예!"

영파상인의 장부를 탈취한 산동 사파의 배가 수로 위를 유유히 흘러갔다.

*   *   *

진자강과 운정은 장강을 따라 이동했다.

며칠을 걷다가, 진자강은 무한으로 가는 길목의 마을에서 장강검문의 표식이 그려진 대장간을 발견했다.

진자강은 대장간에 들어가 해월 진인에게 받은 옥패인

검령을 보여 주었다.

대장장이가 흠칫하며 공손히 검령을 받아 확인하고 되돌려 주었다.

"귀한 분이시구려. 무슨 일이외까."

"특수한 물건을 수리하고 싶습니다."

진자강은 대장장이에게 실이 끊어진 탈혼사를 보여 주었다.

"가능하겠습니까?"

대장장이는 고개를 저었다.

"일반 도검은 몰라도 이곳에서 이런 기물(奇物)은 다루기 어렵소이다."

"어디로 가면 됩니까?"

대장장이가 잠시 생각하다가 대답했다.

"무한으로 가시오. 무한이라면 수리할 만한 곳이 있을 거외다."

진자강은 대장장이에게 감사를 표하고 운정과 함께 마을에서 여행 준비를 했다.

운정이 진자강이 가진 검령에 눈독을 들였다.

"도대체 그거 정체가 뭔가요? 뭔데 보여 주기만 하면 옷도 주고 돈도 주고 객잔도 공짜가 되는 거죠?"

진자강이 한마디로 대답했다.

"세상에 공짜는 없습니다."

중의적인 답변이었다.

"아……."

운정은 무슨 뜻인가 생각해 보다가 머리를 긁었다.

"아니, 그러니까요. 어쨌든 돈을 안 내니까 공짜잖아요. 저도 그런 거 하나 있었으면 좋겠다구요."

장강검문은 장강수로채와 마찬가지로 장강 유역을 기반으로 활동하는 문파들의 모임이었다. 상당한 지역에서 편의를 제공받을 수 있었다.

"드릴까요?"

"어? 진짜요?"

"거짓말 아닙니다."

운정은 좋아했다가 금세 수상쩍다는 눈으로 진자강의 위아래를 훑어보았다.

"아냐. 도우가 이런 물건을 그냥 줄 리가 없어요."

"당연히 조건이 있습니다."

"뭔지만 물어봐도 돼요?"

"사람을 한 명 죽여야 합니다."

운정의 입이 벌어졌다.

"아우웅, 기대한 내가 잘못이죠. 독룡 도우나 많이 하세요. 저는 스님 복장을 하고 탁발이라도 하면서 절강으로 갈……."

운정이 말을 하다 말고 황급히 입을 다물었다.

진자강은 살짝 웃으며 말했다.

"절강까지 가려면 이 옥패가 필요하지 않겠습니까?"

운정이 정색했다.

"아뇨. 절강 안 가는데요? 왜 그러시죠?"

"그렇군요. 혹시라도 필요하면 말씀하십시오."

운정의 귀가 쫑긋했다.

"아니, 안 속아요. 그러다가 덤터기 쓸 게 분명해요. 그리고요, 무엇보다 사람을 죽이고서까지 만나러 갈 수는 없……."

운정이 갑자기 진자강을 쳐다보며 아무렇지 않은 듯 되물었다.

"우리 어디로 간다고 했죠?"

"무한입니다."

"아아, 맞아요. 무한에 벚꽃이 그렇게 많이 핀다고 해서 벚꽃을 만나러 간다는 얘기였어요."

진자강은 더 이상 운정을 괴롭히지 않고 웃으면서 앞으로 걸어갔다.

"어? 그 웃음은 뭐죠? 어어? 독룡 도우, 그 웃음 좀 이상한데요? 어어어? 빨리 말해 봐요. 그 웃음 뭐냐구요오!"

운정이 촐랑거리면서 그 뒤를 따라갔다.

　　　　*　　　　*　　　　*

　진자강과 운정은 육로를 통해 무한까지 이동했다.

　어차피 단령경에게 부탁한 건은 여러 날이 걸릴 일이었
다. 급히 갈 필요는 없었다.

　거의 열흘 정도가 되어 둘은 무한의 무창 사산에 도착했
다.

　무창에는 중원의 삼대 누각으로 불리는 황학루가 있다.
황학루는 서측으로 장강을 끼고 동쪽으로는 동호(東湖)를
바라보고 있어 풍경이 아름답기로 유명했다.

　거의 원형에 가까운 모양으로 지어진 누각은 여러 층인
데다가 굉장히 크고 넓었다. 게다가 각 층의 처마 끝은 하
늘로 솟는 것처럼 치켜 올라가 있어서 주변의 모든 전각들
을 압도하는 위용이 있었다.

　운정이 말했던 것처럼 무한의 봄은 벚꽃이 유명하다. 바
람이 불면 벚꽃의 작은 꽃잎들이 황학루를 감싸고 어지러
이 휘날렸다.

　"와아."

　황학루를 처음 본 운정은 멍하니 입을 벌리고 감탄했
다.

　"한 폭의 그림 같아요. 저 위에서 바라보면 저절로 시상

이 떠오를 것 같은데요?"

수많은 문인들이 황학루를 찾아와 시를 남겼다는 것은 널리 알려진 얘기였다.

진자강과 운정뿐 아니라 수많은 사람들이 황학루를 오가며 주변의 풍광을 즐기기에 여념이 없었다.

"도우, 위에 한번 올라가 봐도 돼요?"

"다녀오십시오."

"도우는 같이 안 가고요?"

"아무래도 사람이 많은 곳은 불편할 것 같습니다."

"그거 병이에요 병. 그리고 원래 사람들이 많은 곳이 덜 위험하다구요."

"그렇습니까?"

"그럼요. 이렇게 보는 눈이 많은데 누가 무슨 짓을 하겠어요. 거기다 여긴 무당파와 제갈가의 영역이거든요? 일반인들도 많아서 사고 치면 공적되기 딱 좋다고요."

"음."

운정이 설득했지만 진자강은 여전히 사람들로 북적거리는 황학루가 마음에 들지 않는 듯했다.

"아아, 나만 믿고 가 봐요. 가 보자고요."

운정이 진자강의 등을 떠밀며 황학루로 향했다.

황학루는 단순한 누각 한 채가 아니었다.

언덕 위에 지어진 황학루의 누각이 보이는 곳에서부터 이미 다관과 반점, 포목점 등의 가게가 줄지어 늘어서 있었다.

"온갖 산해진미 냄새……."

운정은 코를 벌름거렸다.

사천도 작은 도시가 아니지만 중원에서 손가락 안에 드는 명소에는 비할 바가 아니었다. 사천에서 구경도 하지 못한 물건들이 잔뜩이었다.

황학루의 정문에 들어서도 누각의 입구까지는 한참이나 넓은 정원을 지나며 언덕을 올라야 했다.

느긋하게 홀로 풍류를 즐기러 나온 문인들도 있었고 여럿이 함께 나온 이들도 있었다. 비단으로 온몸을 두르고 한껏 치장을 한 젊은 청춘 남녀들도 보였다.

부잣집 자제와 미모의 여인들도 한껏 벚꽃을 즐기며 연못과 정자에서 자리를 하고 있었다.

"남녀 할 것 없이 예쁜 사람들이 잔뜩이에요!"

지나가던 사람들이 도관을 쓴 운정을 보며 손을 모으고 인사를 하며 지나갔다.

운정도 정신없이 손을 모아 답인사를 하고, 그들을 위해 축원해 주었다.

진자강도 일전에 깨끗한 곤색 옷으로 갈아입었다. 굳이

감추고 다닐 생각이 아니었기 때문에 허름한 옷이 아니라 값비싼 옷을 입고 다녔다.

오히려 그편이 움직이기 편했다. 사람들은 더럽고 누추한 옷을 입고 다니는 이는 경계하거나 멸시해도, 좋은 옷을 입고 다니면 함부로 대하지 못하는 습성이 있었다.

하얀 피부색과 윤기가 나는 곤색 옷의 색이 대비되어 진자강은 좋은 가문의 자제처럼 보였다. 날카로우면서 담담한, 안에 깊은 무게가 담긴 눈빛이 특히 도드라져 보였다.

이 때문인지 뭇 여인들이 진자강에게 눈길을 주며 지나갔다. 진자강과 눈이 마주치면 입을 가리고 웃기도 했다.

워낙 유명한 명소여서 그런지 유독 자유분방한 느낌이 있었다.

황학루의 일 층은 누구나 즐길 수 있도록 개방된 다관이었다. 가격은 아래의 다관과 비할 바가 아니지만 일 층에만 올라서도 무창의 지역이 다 내려다보일 만큼 풍광이 좋았다.

이 층은 주향과 음식 냄새가 살짝 흘러나오는 걸 보니 술과 요리를 파는 듯했다.

일 층 입구에서 단정한 복장의 점소이가 다가왔다.

"어서 오십시오. 무엇을 도와드릴까요."

운정이 물었다.

"저 위에 삼 층을 좀 올라가 볼 수 있을까요?"

점소이가 곤란해했다.

"그건 좀 어렵겠습니다. 삼 층은 미리 예약을 하셔야 가능합니다. 약주를 하시겠다면 이 층으로 모실 수 있습니다."

진자강은 황학루의 현판을 보다가 검령을 내밀었다. 현판 아래에 장강검문의 표식이 작게 되어 있었다.

점소이가 검령을 확인하고 돌려주며 공손히 손을 모았다.

"저를 따라오십시오."

운정은 여기서도 검령이 통한다는 사실에 놀라면서도 기뻐했다.

진자강과 운정은 바로 삼 층으로 안내를 받았다.

삼 층은 계단에서부터 철저히 통제되어 있었다. 온통 문과 휘장으로 가려져 있었다.

게다가 누각을 지키는 건장한 무사들과 아리따운 여인이 서 있었다.

여인이 점소이에게 이야기를 듣더니 미간을 찌푸렸다. 점소이를 돌려보낸 여인이 정중하게 인사하며 말했다.

"아랫것의 실수를 용서해 주십시오. 아직 돌아가는 사정을 몰라 귀인을 잘못 모신 모양입니다. 모쪼록 귀한 걸음

불편하게 만든 결례를 용서해 주시길."

진자강이 말없이 고개를 끄덕였다.

"이 층의 귀빈실에 주안상을 차리겠습니다. 오늘은 저희 측에서 사과의 뜻으로 모실 터이니 편히 쉬었다 가셨으면 합니다."

돈을 내지 말라는 뜻이었다.

운정이 이해하지 못하고 물었다.

"삼 층까지 왔는데 다시 내려가라고요? 왜요?"

여인과 무사들의 표정이 더 곤란해졌다.

운정은 삼 층에서 내려다보는 풍경이 보고 싶을 뿐이어서 천진난만한 얼굴로 되물었다.

"그럼 창문으로 나가서 기와 타고 지붕으로 올라가도 돼요?"

"그, 그건 좀."

더 곤란한 일이었다. 여인이 진자강의 눈치를 보았다. 진자강이 데리고 내려가 주었으면 하는 모양이었다.

하지만 진자강은 내려가지 않고 그 자리에서 말했다.

"제갈가의 무사들입니다. 여기가 제갈가의 영역이라는 운정 도사의 말씀이 맞군요."

앞을 막고 있는 건 제갈가의 무사들이었다.

"아마 황학루도 제갈가의 관리하에 있을 겁니다. 나는

제갈가와 좋지 않은 사이니, 안에 제갈가 사람이 있다면 들일 수가 없겠지요."

그제야 이유를 깨달은 운정의 얼굴이 머쓱해졌다.

"아아, 난 그것도 모르고. 죄송합……."

운정이 사과를 하다가 말고 멈췄다.

"아닌데?"

"뭐가 말입니까?"

"도우에게 제갈가에서 오천 냥의 현상금을 걸었잖아요. 만약 제갈가 사람이 와 있다면 오히려 더 적극적으로 나서야 하는 거 아닌가요?"

"그도 그렇군요."

듣고 있던 무사들과 여인의 얼굴이 새파래졌다.

운정이 조금 생각하다가 혼잣말처럼 말했다.

"하지만 현상금은 강호의 일이니, 역시나 일반인들이 많이 모이는 황학루에서 싸움을 벌이는 건 제갈가로서도 피하고 싶은 일이겠지요."

"그럴 겁니다."

진자강이 별 뜻 없이 수긍했다. 진자강으로서는 어차피 상관없는 일이었다.

"그럼, 실례했습니다. 원시천존."

운정이 인사를 하고 고개를 숙이며 내려가려는 때였다.

"잠깐!"

삼 층 안쪽에서 한 청년의 목소리가 들려왔다.

"들어오라고 해."

여인이 놀라서 반문했다.

"하지만……."

"하지만이고 뭐고, 지금 그대로 가 버리면 우릴 우습게 보는 저자의 말을 그대로 인정해 버리는 꼴이 되어 버리지 않나!"

"알겠습니다."

문이 열리고, 진자강과 운정은 온통 창호문으로 이루어진 복도를 통해 안쪽으로 안내받았다.

스르륵.

끄트머리의 방문이 열렸다.

방은 굉장히 넓었는데 밖으로 모든 창문이 활짝 열려 있어서 시야가 탁 트였다.

그곳에서는 여러 명의 젊은 청년들이 앉아서 술을 즐기고 있던 중으로 남자가 넷, 여자가 다섯이었다.

진자강이 들어서자 하나같이 벌떡 일어서서 경계심 가득한 눈으로 진자강을 쳐다보았다. 한데 몇몇은 놀라기도 했다.

"독룡?"

"독룡이 저렇게 어렸나?"

"소문과 딴판인데?"

너무 여리여리해 보여서 겉으로 보는 것과 소문이 정반
대였다.

그중 한 명이 적개심 가득한 투로 진자강에게 말했다.

"우리가 겨우 독룡 너 하나를 무서워하여 피하는 줄 아
는 거냐!"

이십 대의 제갈가 청년이었다.

제갈가에 있어서 진자강은 원수다. 제갈가 청년의 얼굴
에는 분개가 가득했다.

"당장 씹어 먹어도 시원찮을 놈이……. 중요한 자리라
좋게 좋게 보내려 했더니 감히 우릴 농락해?"

운정이 나서서 수습했다.

"제가 황학루의 이름난 풍광이 보고 싶어 독룡 도우를 졸
랐습니다. 여러분께 폐를 끼치려는 생각은 아니었습니다."

"청성파?"

"네. 운정이라고 합니다."

청년이 비웃었다.

"본산을 버리고 떠난 자들이 뻔뻔하기도 하지. 뭘 하고
다니나 했더니 천하의 살인마이자 무림공적과 붙어먹었
군."

원래 때리는 시어머니보다 말리는 시누이가 미운 법이었다. 진자강도 미웠지만 정파의 큰 기둥이었던 청성파가 진자강과 함께 있는 걸 보니 청년들은 더 화가 났다.

"어떻게 청성파가 무림총연맹을 버리고 저럴 수가 있지? 내 원 참……."

"끄응, 어쩔 수 없는 사정이 있어서…… 이해해 주세요."

"이해? 사파 놈과 함께 다니는 게 이해가 가능한 부분이라고 생각하나?"

"어, 그게……."

갑자기 쏟아진 비난에 운정이 당황하자, 다른 청년들도 가세했다.

"청성파도 타락했군."

"무림총연맹을 거부하더니 결국 사마외도가 되어 버린 건가?"

"아닙니다. 그게 아니구요……. 아이고…… 원신천존."

청년들은 운정의 항변을 무시했다.

"꼴에 도사라고 원시천존은, 퉤."

"앞으로 사천 쪽으로는 소변도 보지 않겠다. 오장육부가 썩어 없어질 말코들."

"끼리끼리 붙어먹는다더니. 독룡에 빌붙어? 내 청성파가 얼마나 잘되는지 지켜보겠다!"

"애초에 우리가 속았던 거지. 사천에서도 정사의 중간에서 여기저기 얼쩡대더니 마교의 사이에서까지 박쥐처럼 굴었던 거야."

운정의 고개가 더 숙여졌다.

"하아, 원시천존 태상노군, 영보천존. 미안합니다. 하지만 우리 청성의 욕은 하지 말아 주세요. 좀…… 심하신 거 같아요."

소저들까지 가담했다.

"청성파의 도사들은 깐깐하지만 사리 분별이 명확하고 정의롭다고들 했었죠. 이젠 그것도 옛말이네요."

"쓸개까지 빼 주면서 사파에 붙어 연명하다니요. 목숨을 구걸한 건가요?"

"목숨까지 구걸하고 그런 건 아닌데요, 아무튼 죄송합니다."

운정이 난감한 얼굴로 눈을 감았다. 하지만 한 번 시작된 악담은 멈출 줄 몰랐다.

"조만간 청성산에 올라가 시원하게 똥을 퍼붓고 와 주지. 두꺼운 낯짝으로 도사입네 하는 청성파에 딱 어울리게."

"네? 그건 좀……."

"왜? 사파에 빌붙어서 알겨먹는 것으로는 부족해서 무한까지 온 건가?"

"아닌데요."

"아아, 듣자 하니 장문인가 하는 도사가 사파의 여인네와 정을 통하였다지?"

운정이 눈을 뜨고 빤히 청년들을 바라보았다.

"원시천존. 저기요."

"사파에 붙고 독룡의 뒤나 따라다니니 청성파는 얼마 못 가고 사라질 겁니다. 내 장담하죠."

"저기요, 원시천존?"

"청성파가 도교의 성지는 무슨? 더러운 마굴 주제에."

운정이 소리를 질렀다.

"원시천존!"

청년들이 운정을 쳐다보았다.

"할 말이라도 있나?"

운정이 씩씩거렸다.

"아니, 듣자 듣자 하니까 이거 이상한 도우님들이네?"

"뭐라고?"

"제가 예의상 사과한 거거든요? 미안해서 그런 게 아니고?"

"뭐? 예의상?"

"독룡 도우가 또 사람 막 죽일까 봐 말려 주려고 했더니,

뭐요? 청성파가 뻔뻔하고 타락? 마굴이 어쩌고요? 아니, 가만히 있으니까 완전 사람을 봉으로 아시네."

운정이 사납게 대꾸하자 오히려 청년들이 더 화를 냈다.

"청성파는 입이 열 개라도 할 말이 없을 것이다!"

진자강은 운정을 돌아보았다. 저번에 술을 먹고 자면서 잠꼬대했던 게 장난이었거나 괜한 우려가 아니었던 모양이었다.

진자강이 운정에게 물었다.

"평소에도 속으로 그렇게 생각했던 겁니까?"

진자강의 말에 운정이 괜히 딴 데를 보며 삐죽거렸다.

"제가 진짜 독룡 도우만 아니었어도 이런 수모는 안 당했을 거거든요? 하도 사고를 치니까 내가 수습을 해야 되잖아요."

운정은 진지했다.

제대로 된 뒷수습이라 하긴 어려웠지만, 사부 복천 도장의 명령 때문인지 계속 진자강을 도우려 했던 건 맞았다.

"그건 그렇군요."

"거봐요."

하나 청년들은 달랐다.

사람을 죽일까 봐 말렸다는 말은 청년들의 자존심을 상하게 만들기에 충분했다. 청년들이 검의 손잡이를 잡아 가고 제갈가의 청년도 이를 갈았다.

"감히 우리를 협박하는 거냐?"

진자강이 그들을 향해 말했다.

"가겠다는 나를 부른 것은 당신들인데, 가는 사람을 불러 놓고 협박했느냐고 물어보는 건 뭡니까."

"검령이 아니었으면 여기까지 들이지도 않았을 것이다!"

"현판에 표식이 남아 있었습니다."

제갈가의 청년이 밖을 향해 소리쳤다.

"현판을 가져와!"

얼마 지나지 않아 밖의 무사 둘이 황학루에 걸려 있던 현판을 가져왔다. 현판의 귀퉁이에 장강검문의 표식이 있었다.

"이까짓 게 아직도 남아 있었다니!"

제갈가의 청년이 일장으로 현판을 내려쳤다.

쾅!

현판의 가운데가 뭉개지며 반으로 부러졌다. 현판을 가져온 무사들이 난감해했다.

제갈가의 청년이 소리쳤다.

"제갈가는 더 이상 장강검문의 졸개가 아니다! 우리 제갈가는 이미 장강검문을 탈퇴했다. 여기 있는 형제들, 소저들도 마찬가지!"

알고 보니 여기 있는 청년들은 모두 이번에 장강검문을 탈퇴한 문파의 후기지수들이었다. 이번에 한데 모여 우의를 다지고 있었던 것이다.

태행검파, 성소파, 홍검파가 합쳐진 강동 삼대 검파를 비롯해 황보가와 하북의 팽가도 있었다. 특히나 모용가의 모용천은 백리권, 양전과 함께 삼룡 중 한 명이었다.

이 정도의 후기지수들이 한자리에 모여 있으니 그 전력도 상당하다. 이름난 가문이나 문파에서 후기지수라 불릴 정도면 또래에서는 거의 상대할 만한 자가 없을 터였다.

물론 그것은 진자강에게까지 통하는 얘기는 아니다.

진자강이 후기지수들을 돌아보며 말했다.

"혹시 잊은 모양인데, 내가 왜 검령을 소지하고 있는지부터 궁금해 했어야 하는 일 아닙니까?"

뜻밖에도 후기지수들은 당황하지 않았다. 마치 왜 당연한 얘기를 묻느냐는 듯한 표정이었다.

검령은 장강검문에서 신분을 보장하고 모든 활동을 지원한다는 약속의 증표이다. 해월 진인의 대리라 볼 수도 있었다.

그런데 진자강이 검령을 소지한 걸 궁금해하지 않는다?

제갈가의 청년이 코웃음을 쳤다.

"흥, 그야 당연한 일이겠지."

그의 말에 진자강은 심한 괴리감을 느꼈다.

진자강은 잠시 생각하다가 운정에게 말했다.

"그만 돌아가지요."

"네?"

운정이 진자강의 말을 믿을 수 없다는 듯 반문했다. 뜻밖에도 진자강은 화를 내지도 않고 차분하게 돌아가자고 하는 것이다.

"어…… 진짜 그냥 가요?"

"이 정도면 풍경은 충분히 본 것 같습니다."

"네, 뭐……."

운정은 쭈뼛쭈뼛하다가 진자강을 따라 돌아섰다.

후기지수들이 소리쳤다.

"거기 서!"

진자강이 돌아서서 물었다.

"두 번째입니다."

"뭐?"

"내게 시비를 건 것이."

보통 사람들은 그런 걸 세고 있지 않다. 시비 건 횟수를 세고 있다는 건 한계를 넘어서지 말라는 경고인 것이다.

제갈가의 청년은 안색이 나빠졌다. 하지만 묘하게도 입꼬리가 웃고 있었다.

"그래서 어쩌겠다는 거지? 그래. 천둥벌거숭이처럼 마음 껏 날뛰어라. 그래 봐야 지금뿐이야."

진자강은 제갈가 청년을 빤히 바라보았다. 무슨 만용인 지 알 수가 없었다. 정말로 사람이 많아서 진자강이 손을 쓰지 않을 거라 믿고 덤비는 것일까?

왠지 장강검문을 탈퇴했는데도 믿는 구석이 있다는 것처 럼으로밖에 들리지 않았다.

"지금뿐이란 건 무슨 뜻입니까."

황보가의 젊은 소저가 외쳤다.

"우리 정의회가 당신을 가만두지 않을 거란 뜻이다!"

홍검파의 소저가 말을 이었다.

"정의회는 강호에 정의를 세우고 당신처럼 겁 없이 날뛰 는 악당들을 징치(懲治)하기 위한 모임이다!"

진자강이 되물었다.

"이미 무림총연맹이 있지 않습니까?"

"아니! 무림총연맹은 이미 글렀어. 우리가 새로운 희망 을 갖고 새로운 강호를 만들어 낼 거다!"

태행검파의 청년도 이를 갈며 한마디를 더했다.

"정의회는 강호 최고의 협객이신 금강천검 백리 대협께 서 이끌고 있지. 우리를 비롯해서 많은 문파의 협객들이 그 분의 아래로 모여들고 있다. 너 같은 놈은 발끝도 붙이지 못하게 될 거야."

진자강이 그들을 빤히 보며 말했다.

"내가 듣던 바와는 다른 것 같습니다."

"뭐라고?"

"정의회는 해월 진인의 뜻을 따르는 모임이 아닙니까? 장강검문도 있지요. 그런데 장강검문을 탈퇴하고 무림총연맹을 부정하는 건 이상하군요."

"흥. 뭘 모르는군. 우리 정의회는 그분의 숭고한 뜻은 존중하고 따르지만 해월 진인 본인을 따르는 것은 아니다. 오히려 해월 진인께선 강호를 이 지경으로 만든 책임이 있지. 그리고 본인의 자리를 지키기 위해 마교와 야합한 증거도 있어!"

태행검파의 청년이 흥분하여 소리쳤다.

"귀주지부에 마교의 광명정사를 수십 년이나 숨겨 놓고도 이제까지 남들을 속였다. 그리고 너는 그 자리에서 마교의 광명정사를 도왔으니 잘 알겠지. 게다가 지금 그 검령을 들고 있는 걸 보면 어차피 장강검문도 한패나 다름없다는 얘기!"

이들은 해월 진인과 장강검문이 마교와 내통했다고 믿고 있었다. 진자강도 마찬가지. 그래서 진자강이 검령을 쓰고 있는데도 이상하게 생각하지 않았던 것이다.

본래 중경에 야율환을 감금한 것은 해월 진인이 아니라 금강천검이다.

그러나 이미 이 정도로 믿고 있으면 진자강이 사실을 말해 준다 해도 믿을 리가 없다.

누군가 이들의 펄펄 끓는 혈기를 이용해 교묘하게 잘못된 사실을 주입했다.

'백리중!'

정의회를 만든 백리중이 그 원흉임에 틀림없었다. 자신이 불리할 만한 내용을 되레 해월 진인과 장강검문의 탓으로 몰고 있다.

그러니 이들은 자신들의 대의명분이 세상의 정의라고 철석같이 믿고 있을 수도 있었다.

아니면 자신들의 이익에 누군가 던져 준 명분이 합치하였든지…….

진자강은 빤히 태행검파의 청년을 쳐다보았다. 그 시선에 부담이 되었는지 그가 악에 받친 것처럼 소리쳤다.

"곧 정의회의 시대가 올 것이다! 그럼 하늘 무서운 줄 모르고 날뛰는 사파도, 빌붙은 청성파도 이제 끝이야!"

가만히 듣고 있던 운정이 또 욱했다.

"뭐예요? 아니, 우리 청성은 왜 자꾸 건드리는 거죠?"

후기지수들이 운정을 비웃었다.

"어디 한주먹감도 안 되는 게 독룡 하나만 믿고."

운정의 표정이 굳었다. 운정은 사천을 벗어난 적이 없을 뿐, 한때 진자강을 붙잡아 둘 정도로 실력이 있었다. 게다가 청성파에 대한 소속심도 강하여 사문의 욕을 참지 못했다.

"우리 청성에 대해 하신 말씀 사과하세요."

"사과? 어디 건방지게……."

후기지수들이 살기를 뿜어냈다. 저마다 내공을 끌어 올렸다.

그런데 그때 진자강이 멈춰 선 채로 갑자기 말을 내뱉었다.

"살기가 없군요."

"무슨 뜻이냐!"

후기지수들의 질문에 진자강이 대답했다.

"당신들에게선 살기가 느껴지지 않습니다."

그 말에 후기지수들이 더욱 짙은 살기를 뿜어냈다.

내공을 끌어 올리고 출수할 준비를 하며 명문가의 후기지수답게 정제된 살기를 뿌리고 있었다.

아홉 명이 진자강과 운정을 향해 살기를 집중했다. 평범한 사람이라면 다리가 후들거려 서 있기도 힘들 지경일 터였다.

하지만 운정은 옆머리를 긁적이면서 당황한 표정을 지었을 뿐이었다. 살기는 알겠는데 그게 그리 위협적이라고 생각되지 않았다.

"어어, 이상하네?"

운정이 머뭇거리며 진자강을 쳐다보았다.

살기가 왜 이러냐는 눈빛이었다.

진자강은 이해한다는 투로 살짝 고개를 끄덕였다.

운정도 의외로 많은 경험을 했다. 특히나 바로 얼마 전에 소림사의 범몽이나 종남파의 불기, 빈의관의 영현사가 뿜어내던 살기를 경험했다.

그때는 정말로 죽을 것 같다는 생각이 들었다. 하지만 지금 후기지수들의 살기는 정말로 사람을 죽이겠다는 살기가 아니라 겉으로 보이기 위한 살기처럼 느껴졌다.

직접 겪고 나니 확연히 비교가 되었다.

"그러네요. 음, 정말 살기가 없네요. 아니, 없는 거나 다름이 없네요."

하지만 후기지수들의 입장에서는 살기를 뿜어내고 있는데 살기가 없다고 하니 더 화가 날 지경이었다.

"으윽!"

"이, 이놈들이…… 아직도 우릴 무시하다니!"

황보가의 소저가 다시 날카로운 목소리로 외쳤다.

"흥! 곧 정의회의 고수들이 오실 거야. 그분들만 오시면 너 따위는……!"

그제야 진자강은 이 후기지수들이 왜 이렇게 자신만만한지 알게 되었다.

"아아."

정의회의 고수가 오고 있다. 그래서 이들은 진자강을 잡아 두고 있는 것이다.

"얼마나 걸리겠습니까?"

"뭐가 얼마나 걸린다는 거지?"

"그 정의회의 고수라는 사람이 오는 데 걸리는 시간 말입니다."

더 이상 숨길 필요가 없다고 생각한 것인지 제갈가 청년이 자신만만하게 대답했다.

"그분께선 조금 전 무한에 들어오셨다. 이제 와서 달아나려고 해 봐야 늦었어."

"그럼 길어야 한 식경 정도 걸리겠군요."

"짧은 시간이지. 네 목숨이 남은 시간이다."

"이해가 되지 않는군요."

진자강은 조용히 되물었다.

"나라면 그때까지 본인들이 살 수 있을 거라 생각하지 않을 겁니다."

진자강이 천천히 고개를 돌려 무심한 눈으로 후기지수들을 쳐다보았다.

후기지수들이 흠칫했다. 조금도 흔들리지 않은 똑바른 눈빛에 후기지수들은 약간의 공포까지 느꼈다.

누군가 소리치며 말했다.

"잘 모르는 모양인데, 여기 모용형은 삼룡 중 한 명인 화룡(火龍)이시다. 우리 모두가 힘을 합하면 한 식경을 못 버틸 것 같으냐!"

묵룡과 쾌룡이 진자강에게 죽었다. 하지만 이긴다고 생각하지 않고 버티기만 한다면 해 볼 만하다 여기는 것이다.

운정이 심각한 얼굴로 혼잣말처럼 물었다.

"얼마나 고수가 오기에 그때까지만 버티면 된다고 생각하는 걸까요. 정말 대단한 고수가 오시나 봐요."

후기지수들이 자신 있게 답했다.

"독룡 따위는 홀로 찜 쪄 먹고도 남을 만한 분이시지."

독룡은 이미 수많은 전력(戰歷)을 남겼다. 그런데도 이만큼 자신만만하다는 건 그만큼 대단한 인물이 온다는 뜻이었다.

"그분은 홀로 해월 진인에 맞서 싸워서 아무도 알아내지 못했던 진실을 밝혀낸 대영웅이시다. 심지어 아무도 하지 못한 일을 해내셨지."

기시감.

진자강은 후기지수들의 말투에서 매우 친숙한 느낌을 받았다. 동시에 기억의 저편에 아직도 생생하게 남아 있는 기억까지도.

누구인지 알 것 같았다.

"뭐, 좋습니다."

진자강은 마음을 정했다.

진자강이 아주 살짝 입꼬리를 들어 웃으면서 말했다.

"어쨌든 당신들에게는 다행스럽게도, 이번엔 칼을 뽑지 않아서 살았다고 생각하십시오."

"감히!"

"우릴 뭘로 보고!"

후기지수들이 화를 냈지만 손은 검의 손잡이에서 떨어지지 않았다. 자신들의 살기에도 전혀 동요하지 않고 있는 진자강에게 두려움을 느끼고 있는 것이었다.

진자강이 운정을 불렀다.

"운정 도사."

"왜요!"

"저들이 청성파를 욕보였는데 참아도 되겠습니까?"

"……네?"

운정은 '으음' 하면서 잠시 고민했다.

그랬다가 알았다는 듯 고개를 끄덕였다.

"휴우. 어쩔 수 없군요. 그럼 저는 잠시 눈을 감고 있겠습니다. 마음대로 하십시오. 학살을 하든 몸뚱이를 몇 토막으로 자르든 상관하지 않겠습니다."

"……?"

"내가 도우가 그럴 것 같아서 저들을 도와주려고 한 건데, 복을 스스로들 걷어차 버리니 어쩔 수 없죠. 휴……."

진자강은 벌써 눈을 감은 운정에게 말했다.

"내가 아니라 운정 도사가 해야 할 일입니다. 저들에게는 매가 아니라 설교가 필요할 것 같습니다."

운정이 모른 척 고개를 돌렸다.

진자강이 운정을 불렀다.

"운정 도사?"

"알았어요. 알았다구요."

왠지 조금씩 강호에 물들어 영악해지고 있는 것 같은 운정이었다.

운정이 성큼 앞으로 가 탁자에서 빈 놋그릇과 긴 놋쇠 젓가락 한 짝을 들었다.

후기지수들이 흠칫 놀랐다.

"우릴 어쩌려는 셈이냐!"

진자강이 대답했다.

"원하는 대로 해 주려는 겁니다. 나를 잡아 놓겠다고 했으니 굳이 고생할 필요 없습니다. 이쪽에서 기다려 주겠습니다."

"뭣이?"

"누구인지 얼굴을 보고 가겠다는 뜻입니다."

"이, 이놈이……."

"운정 도사. 부탁합니다."

운정이 말했다.

"저를 원망하지 마세요. 왠지 독룡 도우에게 이용당하는 기분이 들지만, 그대들이 저의 사문을 계속 들먹였으니 저도 어쩔 수 없습니다."

운정이 놋그릇을 쳤다.

따앙!

순간 후기지수들이 몸을 움찔 떨었다.

"윽!"

운정이 놋그릇을 친 건 단순한 장단 맞추기가 아니었다.

따앙!

내공이 담긴 소리가 울리자 후기지수들은 당황했다.

머리가 깨질 듯이 아파 왔다.

"으, 음공이다!"

땅!

몸이 떨리고 다리에 힘이 풀려 서 있기가 힘들어졌다. 후기지수들은 탁자를 잡거나 몸을 기대었다. 비틀거리다가 넘어지기도 했다.

쿠당탕!

탁자에 있는 것들이 쏟아지며 난리가 났다.

땅! 운정이 다시 한번 놋그릇을 치자 후기지수들은 귀를 막고 괴로워했다.

"천존께서 광대한 원을 발하시어 일체중생이 천존의 명호를 한 번이라도 부르면 그 앞에 나타나시니라. 그리하면 중생은 모든 고난에서 벗어나게 되느니라."

따앙!

"무릇 도를 아는 자는 멈출 줄 아는데, 이는 마음이 부동한다는 것이다. 무릇 도를 지키는 자 삼가할 줄 아는데, 이는 지킬 줄 안다는 것이다. 무릇 도를 쓰는 자 미묘한 것을 아나니, 이는 곧 사람이 마땅히 할 일과 하지 않아야 할 일을 구분할 줄 안다는 뜻이니라."

운정이 놋그릇과 숟가락을 들고 치면서 독경을 읊었다.

"그, 그만!"

"그만해!"

후기지수들은 운정이 놋그릇을 칠 때마다 고통스러워했다. 몇몇은 벌써 무릎을 꿇었다.

한 명도 아니고 아홉 명이 동시에!

그때 한 명이 몸을 날려 탁자를 뛰어넘었다.

제갈가의 청년이었다. 제법 독하게도 입술을 깨물어 피를 낸 후 음공을 벗어났다.

제갈가의 청년이 허리춤에서 검을 뽑아 가며 소리쳤다.

"모두 검을 뽑으시오! 저자를 막⋯⋯!"

그 순간, 쾅! 소리가 났다.

제갈가의 청년은 그대로 탁자를 부수고 바닥에 처박혔다.

"꺼윽⋯⋯."

눈이 돌아가고 입에 거품을 물었다.

진자강이 그의 팔을 꺾어서 눕힌 후, 그의 등을 무릎으로 누르고 있었다.

진자강이 일어서면서 조용히, 하지만 위압적인 목소리로 말했다.

"살의를 품고, 칼을 뽑으면 대가를 치러야 합니다. 당신들이 살아 있는 이유는 아직 둘 중 하나도 만족시키지 못한 때문입니다. 알겠습니까?"

후기지수들의 안색이 창백해졌다.

제갈가의 청년이 단 한 수에 제압당한 걸 믿을 수가 없었다.

하나 운정이 잠깐 음공을 멈춘 사이, 한 명이 더 움직였다.

삼룡 중 한 명인 모용천이었다.

모용천은 몸놀림이 날렵하기 그지없었다. 모용천이 주먹을 허리춤에 모았다가 진자강을 향해 내질렀다.

"죽어라, 독룡!"

진자강은 왼팔을 뻗어서 손바닥으로 모용천의 주먹을 받아 냈다.

터억.

백보신권도 받아 낸 탁기였다. 곡식이 든 포대를 친 것처럼 묵직한 음이 울리며 모용천의 주먹이 가로막혔다.

모용천의 얼굴이 달아올랐다. 손바닥을 부술 줄 알았는데 조금의 충격도 주지 못했다.

"이익!"

모용천은 발끝으로 진자강의 명치를 찍어 찼다.

진자강은 삼광제의 와류충제만을 이용하여 촌경으로 모용천의 발을 툭 밀어냈다.

투학!

진자강을 차던 모용천의 발이 반대로 되돌아가면서 모용천의 머리가 앞으로 쏠려서 바닥에 얼굴을 박았다.

진자강은 모용천의 등을 밟고 팔짱을 끼었다.

그리고 운정에게 말했다.

"계속하시죠."

후기지수들은 완전히 얼어붙었다.

믿고 있던 모용천이 단 두 수에 제압되고 말았다.

원래 몇몇은 독룡의 소문이 너무 과장됐다고 생각하고 있었다. 아무리 실력이 뛰어나도 자신들보다 나이가 어린 독룡이 강호의 고수들과 대등하게 겨루고 다녔다는 소문을 믿기 어려운 게 사실이었다.

그러나 오늘 보니 소문은 결코 과장되지 않았다. 애초에 여기 있는 전원이 덤볐어야 겨우 시간을 끄는 것이 가능했을 터였다.

"비…… 비겁하다!"

홍검파의 젊은 소저가 외쳤다. 진자강이 홍검파의 소저를 쳐다보았다.

"당신쯤이나 되는 고수가 비겁하게 음공을 이용해서……."

진자강의 손에서 침들이 튀어나와 빙글빙글 돌았다.

휘리리릭.

"비겁하지 않게 일대일로 상대해 주면 만족합니까?"

"그, 그건!"

진자강이 바로 섬절로 손을 뻗었다.

핏!

홍검파 소저의 미간과 목울대 아래, 명치와 배꼽 위쪽에 차례로 침이 박혔다.

홍검파 소저는 움직이지도 못하고 눈만 크게 뜨고 신음 소리를 냈다. 얼굴이 파랗게 질렸다.

"으…… 으으……."

일부러 독을 쓰지 않았는데도 옆에 있던 후기지수들은 독이 퍼질까 봐 놀라서 홍검파 소저의 곁에서부터 떨어졌다.

진자강은 묘한 느낌이 들었다.

이 자리에 있는 대부분이 자신보다 나이가 많을 것임에도 불구하고 그런 생각이 들지 않았다. 오히려 자신이 훨씬 나이가 많은 것처럼 생각되었다.

무슨 이유일까.

단순히 무공이 높아졌다는 것으로 이런 마음이 든 것은 아닐 터인데.

어쩌면 대부분 가문에서 뒤를 봐주고 있는 저들에 비해 진자강은 혼자서 너무 많은 짐을 지고 있기 때문인지도 몰랐다. 그것이 진자강을 어른으로 만든 것인지도 몰랐다.

심지어 상대들이 너무 어려 보여서 화도 나지 않았다.

더군다나 이들이, 이들의 가문이 계속해서 지금의 행보

를 이어 나가게 된다면 해월 진인이든 소림사든 누구에 의해서든 죽게 될 터였다.

거기에 진자강이 한 손 거들거나 거들지 않거나 상황은 달라질 게 없다.

그런 생각을 하니 진자강은 손을 쓸 마음이 싹 사라지고 말았다.

우스운 일이었다.

저들이 진자강에게 위협적이지 못한 데다 어차피 죽을 목숨이라 생각하니 전혀 사람을 대하는 기분이 들지 않는 것이다.

심지어는 제갈가도 제갈가에 있어 진자강이 원수이지, 진자강에게 제갈가가 원수는 아니다.

"예전엔……."

갑자기 운정이 진지한 어조로 입을 열었다.

"예전엔 몰랐는데, 저들을 보니 그런 생각이 드네요. 저도 어쩌면 저들과 같은, 아니 저들처럼 되었을 수도 있었겠죠."

후기지수들이 미심쩍은 눈으로 운정을 쳐다보았다. 대체 무슨 얘기를 하려고?

운정이 한숨을 쉬었다.

"휴…… 역시 음공이 최고다. 음공을 익히길 잘했어요. 검술 같은 거 배웠으면 맨날 당했을 거 아냐."

운정이 스스로 대견하다는 듯한 표정을 지었다.

"자, 그럼 아직 그 고수분도 안 오시고 했으니까 올 때까지 좀 더 독경을 하겠습니다."

후기지수들의 얼굴이 똥을 씹은 것처럼 일그러졌다.

"천존께서 말씀하시기를……."

그런데 그때 진자강이 말했다.

"아니. 왔습니다."

"네?"

진자강은 바닥에 떨어진 젓가락들을 주웠다. 두 뼘가량 되는 길이의 젓가락을 한 손에 가득 줍더니 방문 쪽으로 갔다.

그러더니 젓가락을 손가락 사이에 끼우고 팔을 들어 올렸다.

진자강은 자세를 낮추고 팔을 든 채 언제라도 출수할 수 있도록 준비하고 문을 주시했다.

핑그르르르. 젓가락들이 진자강의 손가락 사이에서 돌아다니며 회전했다.

방 안은 순식간에 긴장감에 휩싸였다. 후기지수들조차 마른침을 삼켰다.

운정은 이제껏 진자강이 이렇게 들뜬 모습은 처음 보았다. 얼굴이 상기되어 있었다.

이것은 두려움이나 공포, 긴장이 아니라 그보다 좀 더 본질적인 것. 이를테면 인간의 내면에 자리한 흉폭함이나 잔인함…… 분노…… 그런 것들이 복잡하게 얽혀 있는 듯한 그런 표정이었다.

뚜걱 뚜걱.

멀리 문밖에서부터 방으로 다가오는 발소리가 울렸다.

*　　*　　*

"어르신……."

"쉿."

황학루의 여인이 정의회 소속 고수를 방문 앞까지 안내하곤 문을 열려 했다. 하지만 그가 여인을 말렸다. 심지어 입에 손가락을 대고 말도 하지 못하게 했다.

그가 방문 앞에 섰다.

머리는 단정하게 묶어 올려 비녀를 꽂았으며 발목 아래까지 늘어진 값비싼 청록색 비단 장포를 걸쳤다. 하나 장포 아래로 언뜻 발이 아닌 목각 형태의 의족이 보인다.

그가 외눈의 안대를 만졌다.

지끈지끈.

독룡이 와 있다는 얘기는 들었다.

그러나 미친 듯이 눈알이 쑤셔 온다. 이것은 위험의 경고이며 동시에 바로 가까이에 독룡이 있다는 반가움의 표시다.

"날 보고 있군……."

창호와 목재 문틀로 만들어진 문 너머에서.

여섯 걸음, 혹은 일곱 걸음인가.

순간.

핏!

창호를 뚫고 점 하나가 순식간에 날아들었다.

그는 엄지와 검지, 중지의 세 손가락으로 미간으로 날아오는 점을 잡아챘다.

검은 옻칠을 한 평범한 나무젓가락이었다. 물론 시중에서 보는 것과는 달리 붉은색과 금박 무늬가 새겨진 고급형이었다.

물론 나무젓가락이라는 것에는 변함이 없었다. 하지만 거기에 실린 내공은 결코 만만치 않았다. 손가락에 닿은 느낌으로 알 수 있었다.

성장했다.

강해졌다.

잔망스럽던 어린놈이 이제 어엿한 한 사람의 고수로 컸다.

손가락으로도 짓눌러 죽일 수 있던 꼬마가 아니라 전력

을 다해도 받아 줄 수 있을 만한 놈이 되었다.

이루 말할 수 없는 희열이 치솟아 올랐다.

망료는 소름이 끼치는 얼굴로 웃었다. 소리쳐 웃고 싶은 것을 참느라 젓가락을 쥔 손이 잘게 떨렸다.

이를 잔뜩 드러내고 입꼬리가 찢어질 만큼 길게 입을 벌려 웃는 얼굴로, 망료는 젓가락을 있는 힘껏 되던졌다.

*　　　*　　　*

날아온다!

진자강은 움직이지 않았다.

콰학!

문밖에서 창호를 뚫고 날아온 젓가락이 진자강의 머리카락을 스치고 지나갔다. 젓가락은 방을 가로질러 창밖까지 직선으로 날아갔다. 젓가락은 눈 깜짝할 사이에 보이지 않게 되었다. 그것만 봐도 문밖에 있는 상대의 내공이 어느 수준인지 알 수 있었다.

진자강의 입꼬리가 올라갔다.

진자강이 다시 한번 젓가락을 던졌다. 또다시 창호를 뚫고 젓가락이 문밖으로 쏘아졌다.

파악!

젓가락은 망료의 올린 머리를 뚫고 뒤로 날아갔다. 잘린 머리카락이 풀풀 날리고 쪽 찐 머리가 흘러내렸다. 젓가락은 뒤의 기둥에 반도 넘게 들어가 박혔다.

망료는 풀린 머리 위에 손을 올려 비녀를 뽑음과 동시에 앞으로 던졌다.

진자강은 이번에도 움직이지 않았다. 비녀가 진자강의 귓불을 찢고 지나가 피가 뛰었음에도.

퍼억. 비녀가 방 안 벽에 깊숙하게 박혔다.

후기지수들은 날아온 물건에 맞을까 봐 급히 몸을 숙였다.

진자강은 다시 젓가락을 뽑아 던졌다.

젓가락은 망료의 어깨 윗부분에 박혔다. 망료는 그 순간 젓가락의 뒷부분을 잡았다. 젓가락은 망료의 어깨를 관통하지 못하고 그대로 멈췄다.

망료가 젓가락을 뽑았다. 구멍 난 어깨에서 피가 흘렀다.

망료는 젓가락을 던졌다.

하지만 상대는, 진자강은 이번에도 피하는 기색이 없었다.

"이 새끼가⋯⋯."

망료의 웃음이 짙어졌다. 살기가 슬슬 흘러나왔다.

픽! 피잉! 피잉!

옆에 있던 황학루의 여인은 도무지 상황을 이해할 수 없었다.

방에 들어가지도 않고 문을 사이에 둔 채 안에 있는 자와 암기를 주고받는다.

그 속도가 점점 빨라지고 있었다.

파파팟.

귀가 따가울 정도로 바람을 가르는 소리가 난다.

잡아서 던지고, 또 되돌아오는 암기를 받아서 던진다.

그런데 맞지 않을 것 같다, 혹은 치명적일 것 같지 않다 싶으면 피하지 않는다.

덕분에 망료는 몸 곳곳에 구멍이 뚫려서 점점 피에 물들었다.

그러나 피에 젖은 얼굴은 마치 악귀처럼 웃고 있었다.

황학루의 여인은 덜덜 떨었다.

암기가 오가는 창호문에도 피가 잔뜩 튀어 있었다.

진자강의 몸도 피에 젖었다. 이마가 찢겨 턱에서부터 목까지 실 피가 줄줄 흘러내렸으며, 팔다리에도 몇 군데 구멍이 났다.

허벅지와 팔뚝에는 젓가락이 박혀 있기까지 했다.

탁자 아래로 몸을 낮추어 이를 지켜보던 후기지수들은 소름이 끼쳤다. 무서워서 저도 모르게 이를 딱딱 부딪쳤다.

"미쳤어……."

미쳤다. 미치지 않고서야 저럴 리 없다.

이 상황이 뭐가 좋다고 저러는가!

진자강은, 피를 줄줄 흘리면서도 좋다는 듯 눈을 치켜뜨고 송곳니를 드러낸 채 웃고 있었다.

파파팟! 파팟!

수십 번이나 젓가락이 오갔다.

창호 문은 피가 하도 튀어서 손만 대도 찢어질 듯 축축했다.

그러나 놀랍게도 구멍은 고작 몇 군데만 나 있을 뿐이다.

서로의 얼굴은 보이지 않을 정도로만 구멍이 뚫려 있다. 그 사이로만 공방이 오간 것이다.

"후욱 후욱."

진자강은 흥분해서 가빠진 숨을 내쉬었다.

잠시간 소강상태가 되었다.

더 이상 던질 젓가락이 남지 않은 때문이다.

진자강의 주변에는 온통 부러지거나 땅에 박힌 젓가락들이 수두룩했다. 아마 문밖도 같은 상태일 터였다.

진자강은 옷에 피 묻은 손을 닦았다.

"이제⋯⋯."

다시 손을 들었을 때 손가락에는 침 여러 자루가 튀어나와 있었다.

진자강이 중얼거렸다.

"그만 지옥으로 꺼지시지."

망료는 진자강이 중얼거리는 말을 들었다.

아니, 너무 작아서 명확히 듣진 못했지만 의미는 이해했다.

결착(決着)이다.

망료의 웃음이 조금씩 줄어들었다.

아직은, 아쉽다.

십 년을 기다려서 겨우 조금 맛보았을 뿐이 아닌가!

하지만 진자강은 자신처럼 재밌다는 생각을 하고 있지 않을 것이다.

'끝?'

망료의 전신에서 살기가 폭발했다.

문밖에서 망료가 내뿜는 살기를 느낀 동시에, 진자강은 옥허구광 오뢰합마공을 극도로 끌어 올렸다. 아주 찰나 간에 머리카락이 하늘로 치솟고 전신의 의복이 부풀었다. 진자강은 잡아채듯이 양손을 앞으로 뻗었다.

젓가락처럼 굵지도 않다. 침은 아주 작은 구멍만 내며 번개처럼 창호를 뚫고 쏘아졌다.

열 개의 섬절.

파파팟!

"……!"

진자강의 눈에 의아함이 깃들었다.

분명 살기는 있었는데 상대의 반응이 없었다.

진자강은 자세를 바로 하고 섰다.

후기지수들과 운정은 숨을 죽이고 지켜보고 있었다.

진자강은 앞으로 걸어가 문을 힘껏 밀어서 열었다.

드르륵.

진자강의 눈이 찡그려졌다.

"아……, 아아…… 아……."

황학루의 여인이 신음을 내며 서 있었다. 진자강이 처음 삼 층에 올라왔을 때 맞이했던 여인이다.

망료는 온데간데없고 여인의 전신에만 진자강이 던진 독침이 꽂혀 있었다.

"사, 살려 주세요. 살려 주세요……. 부디 자비를……!"

여인의 목과 팔에 적멸화가 피어나기 시작했다.

이미 수라혈이 퍼져서 살 도리가 없다. 여인의 얼굴에 고통스러운 빛이 떠올랐다. 눈이 뒤집히고 입에서 피거품이 흘러나왔다.

"독룡 도우!"

운정이 소리쳤다.

진자강은 운정의 외침을 듣지 못한 것처럼 손을 들었다.

그러곤 그대로 여인의 목을 내려쳤다.

우득!

여인은 그대로 목이 부러져 즉사했다. 여인이 무너지듯 쓰러졌다.

운정이 달려와서 소리를 질렀다.

"무슨 짓이에요! 일반인이라고요!"

"살릴 방도가 없습니다."

"이이이이!"

운정은 정말로 화가 났는지 얼굴이 빨갛게 달아올랐다.

운정도 안다. 진자강이 잘못한 건 아니다. 문밖에 있는 상대가 인질로 삼아서다.

그러나 한편으로는 진자강이라면 그 정도는 알아채고 멈출 수 있었지 않았을까, 그런 생각이 드는 것이다.

운정은 씩씩거리면서 진자강을 노려보더니 쌩 하고 앞질러서 방을 나가 버렸다.

진자강은 죽은 여인을 내려다보다가 입을 열었다.

"그자는…… 영웅이 아닙니다. 절대."

진자강은 몸에 박힌 젓가락을 뽑았다.

젓가락이 뽑힐 때마다 핏물이 울컥울컥 튀어나왔다.

젓가락을 전부 뽑은 진자강은 그대로 운정을 뒤따라갔다.

후기지수들은 붙잡을 생각도 못 하고 멍하니 바라보기만 했다.

그들이 생각하는 싸움과는 뭔가 달랐다. 초식을 펼치고 승부를 겨루는 그런 싸움이 아니었다.

"광기(狂氣)……."

후기지수 중 누군가가 중얼거렸다. 그것 말고는 달리 표현할 수 있는 말이 없었다.

"광기라, 그것 아주 적당한 말이로군!"

후기지수들은 소리가 들려온 쪽, 방문이 아니라 창문 쪽을 쳐다보았다.

창문으로 온몸에 피 칠갑을 한 망료가 들어서고 있었다.

"태사부(太師父)!"

이들이 원래 여기에서 만나기로 한 사람이 바로 망료였

다. 정의회의 고수이며 악독한 해월 진인에 용기 있게 맞섰던 자.

무림삼존 중에서 세를 떨치지 못하고 있는 사파와 마교를 제외하고 현 강호에서 최고의 고수인 무림맹주에 혈혈단신으로 맞선 영웅.

한때는 무림맹주를 암살하려 한 죄로 강호에서 척살령이 내려졌으나, 이후에 그가 진실을 위해 목숨을 건 협객이라는 것이 알려지며 정의회의 젊은 청년들은 망료를 태사부로 부르게 되었다.

이미 무림총연맹의 제독부 고문 시절에도 많은 청년들이 그를 흠모하고 따른 사실이 있었다. 때문에 망료는 손쉽게 청년들의 마음을 사로잡았다.

망료가 피투성이가 된 채로 창문을 통해 방에 들어섰다.

뚜걱.

의족이 거친 소음을 냈다.

"태사부님…… 도대체 이게 어떻게 된 일입니까?"

거기에는 왜 싸우지 않고 도망간 것이냐는 약간의 의혹도 담겨 있었다.

망료가 천으로 얼굴의 피를 닦으며 부드러운 표정으로 답했다.

"자네들에게 보여 주고 싶었다네."

"네?"

"자네들이 상대하고 있는 것, 앞으로 보게 될 것. 그게 바로 저런 것들이라는 걸."

"아!"

망료는 진심 어린 표정으로 후기지수들을 보며 말했다.

"해월 진인을 비롯하여 저들은 사람이 아닐세. 괴물이지. 우리는 앞으로 저런 자들을 상대로 싸워야 하는 걸세."

후기지수들은 조금 전 보았던 진자강의 표정과 살기, 광기를 떠올리며 몸을 떨었다.

"두려워할 것 없네."

뚜걱.

망료가 엉망이 된 방을 가로질러 죽은 황학루의 여인에게로 걸어가며 말했다.

"광기는, 광기에 어린 자들은 무섭지. 나도 안다네. 원래 미친 세상이 되면 살아남기 위해 너도나도 미치려 하는 법일세. 그래서 광기에 사로잡혀 미친 것들만 남는 것처럼 보일 걸세."

뚜걱 뚜걱.

"하지만 마지막에 실제로 살아남을 수 있는 건 정상인 놈이야. 왜 그런 줄 아나?"

후기지수들은 아직도 얼이 빠져서 멍한 얼굴로 망료를

쳐다보고 있을 따름이었다.

망료가 죽은 여인의 앞에 서서 후기지수들을 돌아보며 말했다.

"광기가 휩쓰는 세상에서도 제정신을 유지할 수 있을 정도로 강인하다는 뜻이니까. 그런 강인한 자들만 살아남을 수 있는 거라네."

"그, 그렇군요."

망료는 무릎을 굽히고 죽은 여인을 보았다.

쫙!

거리낌 없이 옷을 찢고 여인의 나신을 살폈다. 곳곳에 드러난 붉은 꽃.

"이것이…… 수라의 독, 수라혈이 만들어 낸 적멸화로군."

적멸화가 피어나면 살아남을 수 없다는 전설.

망료는 웃음이 나오려는 걸 겨우 참고 말했다.

"정말로 악독하고 광기에 사로잡힌 녀석이지. 해독약도 없는 독을 쓰거든."

망료는 자신의 장포를 벗어 여인의 나신을 덮어 주고 일어섰다. 그러곤 근엄한 얼굴로 후기지수들을 돌아보았다.

"이제 자네들이 해야 할 일은 나와 함께 저 광기에 동조하는 자들을 찾아 정상으로 돌려놓는 거야."

"어, 어떻게 말입니까?"

"할 수 있는 모든 방법을 동원해서, 더 이상의 광기가 퍼지지 않도록. 그자들을 처단해야지. 동정할 필요 없네. 그것들은 미친 자들이니까. 이 땅에 정의만이 남으려면 더 이상 광기가 판을 치지 못하게 만들어야 한다네."

팔랑.

바람이 불자 열린 창으로 벚꽃의 꽃잎들이 날아들었다.

"오호, 벚꽃이로구만. 좋은 계절이 왔어."

망료는 마침내 참고 참았던 웃음을 터뜨렸다. 무슨 일이 있었냐는 듯, 아이처럼 웃으면서 즐거워했다.

"그래. 우리 회(會)의 이름은 이것으로 하면 좋겠군. 앵화단(櫻花團). 벚꽃처럼 화사하게, 봄 한철에 가장 아름답게 피어났다가 사라지는."

*　　　*　　　*

운정은 숙소로 돌아와서 내내 자신의 방에 틀어박혀 나오지 않았다.

여러 일들을 겪으며 성장하기도 했지만 사실은 여린 마음에 계속 상처가 누적된 때문일 터였다.

진자강은 몸을 씻고 새 의복으로 갈아입은 후, 운정을 내버려 두고 홀로 움직였다.

진자강 역시 머리가 복잡했다.

망료는 백리중과 결탁했다. 그리고 후기지수들을 이용해 무언가를 꾸미고 있다.

그것은 아마도 해월 진인을 끌어내리기 위한 작업. 동시에 차기 맹주로 백리중을 내세우려는 밑 작업일 터였다.

해월 진인은 이 같은 일을 예측하였다.

그래서 한 번에, 모든 것들을 모아 처리하겠다고 한 것일까.

그렇다면 지금 상황에서 진자강이 할 수 있는 일은…….

진자강이 다관에서 홀로 차를 마시며 생각에 잠겨 있는데, 누군가 진자강의 앞에 와 앉았다.

평범한 사내였다. 사내가 서신을 건네주었다.

"선랑의 선물입니다."

진자강은 단령경의 서신을 열었다.

거기에는 단령경이 영파상인에게서 탈취한 장부들을 분석한 결과가 쓰여 있었다.

"소금?"

"소금이 상당히 많이 거래되었습니다."

"소금은 나라에서 관리하는 품목이 아닙니까."

"그렇습니다. 밀거래를 했던 모양인 듯합니다."

운남에는 특이하게도 염전(鹽田)이 강 옆을 따라 있다. 특이하게도 강바닥에서 소금물이 올라온다. 그 때문에 강 옆에 염정(鹽井)을 파서 거기에서 올라온 물을 다랑이 논처럼 계단식으로 만들어진 층층의 논에 펼쳐 말린다.

해안이 아니라 내륙이기 때문에 몰래 생산하거나 밀거래할 수 있는 여지가 있었다. 그래서 영파상인이 먼 운남까지 거래를 트고 소금 밀거래를 하려다 장부를 숨긴 것일 수도 있었다.

하나 그것만으로는 아직 설명이 다 되지 않는다. 어딘가 미심쩍다.

"다른 건 없습니까?"

"특이한 거라면, 약초들이 좀 있습니다."

"운남은 원래 약초가 많이 납니다."

"운남에서 중원으로 판 게 아니라, 중원에서 들여온 겁니다."

"예?"

그것은 이상한 얘기다. 운남은 온통 산지라 약초가 풍부하다. 그런데 약초를 판 게 아니라 오히려 철산문이 영파상인으로부터 약초를 사들였다?

"혹시나 몰라 내역을 따로 적어 왔습니다."

사내가 내역을 보여 주었다.

유독 눈에 띄는 것은 지정(地精)이었다. 지정은 굉장히 약효가 좋은 삼(參)으로 동쪽 끝에서만 난다. 운남에서는 구할 수 없는 약초 중 하나다.

"지정, 길경, 육계, 자완, 조각자, 천오……."

약초뿐 아니라 환단 등의 약들도 일부 있었다.

그 양이 굉장히 많았다. 진자강은 일일이 약초를 전부 살폈다.

"이것은 반천하수와 삼선산, 우황의 제조법인데 전광(癲狂)에 쓰는 약입니다. 그리고 이것은……."

진자강은 수백 종이 넘는 약초들을 계속해서 살펴보았다.

"인진환은 청리습열과 화탁청온에 쓰는 약이고, 시호승마탕은 청열을 해독하는 데 씁니다. 이 약재들은……."

진자강은 한참을 생각하며 목록을 보다가 퍼뜩 깨달았다.

"온역(瘟疫)!"

한 가지 공통점이 있었다. 그것을 깨닫자 진자강은 다른 약초들에서도 연관점을 읽을 수 있게 되었다.

"천행온역, 시기온역, 사시온역!"

사내가 눈을 동그랗게 뜨고 물었다.

"온역이라면……."

진자강은 벼락을 맞은 것처럼 눈을 움찔거리며 대답했다.

"역병입니다. 이것들은 모두 역병에 효과가 있는 약재입니다. 철산문은 역병을 대비해 이 약재들을 사 두고 있었습니다."

사내가 되물었다.

"약재 사재기를 해 두었다는 뜻입니까?"

"그런 것 같습니다."

하나 사내는 의아한 생각이 들어 고개를 갸웃거렸다.

"왜일까요? 역병이 돌지도 않는데 왜 약재를 사재기해 둔 걸까요."

사내가 진자강이 말한 바를 정리했다.

"일단 그러니까 영파상인은 역병 약재를 철산문에 공급했고, 철산문은 그 대가로 소금을 넘겨주었다고 보면 되겠군요."

"그렇습니다."

"저희는 장부상의 허점을 분석하느라 거기까지 생각해 보지 못했습니다. 형제가 말한 것이 사실이라면 어떤 의미가 있는지 알아봐야 할 것 같습니다."

여기에서 더 이상 장부상으로 알아낼 만한 것은 없었다.

진자강이 사내에게 물었다.

"아, 한 가지 여쭤볼 게 있습니다."

"뭡니까?"

"소소는 어떻게 지내고 있습니까? 혹시 근황을 모르신다면 알아봐 주실 수 있겠습니까?"

사내가 긴장했다가 웃으며 대답했다.

"소소는 저도 압니다. 잘 지내고 있습니다. 손이 야무져서 산동 형제들의 살림을 도맡아 합니다. 벌써부터 다들 소소가 크면 데려가겠다고 난리들입니다."

"그렇군요. 감사합니다."

"아닙니다. 그럼 이만."

사내가 떠나고 진자강은 약재에 대해 한동안 더 생각해 보았으나 알 길이 없었다.

영파상인은 소금 밀매로 막대한 세금을 피할 수 있다. 하지만 그 대가로 약재를 사들인 철산문이 얻을 수 있는 이익은 무엇일까?

소금 밀매는 중죄이지만, 북천 사파까지 동원하여 모든 증거를 인멸하려 한 건 과한 일이라고 생각되는 것이다.

그렇다면 약재에 관련된 일일 것인데…….

독과 관련된 해독약도 아니고 평범한 역병의 약이었다.

역병을 퍼뜨린다?

임의로 역병을 퍼뜨린다는 건 불가능하다. 역병이 퍼지

면 즉각 마을과 길을 폐쇄하여 전염을 막는다. 하여 퍼진다고 해도 일부 지역에 불과할 뿐이다.

그러니 일부러 역병을 창궐시키지도 못할뿐더러, 약재를 완전히 독점한 게 아닌 이상에야 일부 지역에 역병을 일으켜 얼마나 대단한 이윤을 남기겠는가.

*　　　*　　　*

진자강은 나온 김에 탈혼사를 수리하기 위해 대장간을 찾았다.

무한이 제갈가의 영역이라 그런지 의외로 길거리에서 장강검문의 표식이 눈에 많이 띄지 않았다.

진자강은 몇 군데 대장간에 들렀으나 모두 다른 곳을 소개해 주었다.

그렇게 뱅뱅 돌기를 수차례.

한참 만에야 겨우 구석진 곳에 자리 잡은 대장간 한 군데에 도착했다.

마른 체구의 중년인이 앞에 나와 앉아서 새로 만든 농기구를 닦고 있다가 진자강을 쳐다보았다. 진자강이 다리를 살짝 저는 것도 보았다.

"따라오시오."

중년인이 몸을 일으켰다. 그런데 키가 진자강의 반밖에 되지 않았다.

두 다리가 허벅지 아래로 잘려 없었다. 중년인은 짧은 다리를 끌며 안으로 들어갔다.

진자강은 중년인을 따라 들어갔다. 겉에는 농기구를 만들고 수리하는 대장간이 맞는데, 안쪽으로 공간이 더 있었다.

안쪽 공간에는 밖에 있는 것보다 더 많은 도구들이 있었다. 농기구가 아니라 알 수 없는 형태의 쇳조각들이 여럿 보였다.

"대장간이 아니군요."

"나는 본래 당가에 있었던 놈이오. 그곳에서 당가를 위한 암기와 기문병기를 만들었지."

"당가에서 순순히 놓아주었습니까?"

중년인이 자신의 다리를 가리켰다.

"이 다리가 왜 이렇게 되었겠소. 자유를 얻은 대가였소이다. 남들은 죽지 않은 것만도 다행이라 하지만, 사실 죽을 뻔했다가 산 거지."

중년인의 목소리에는 분노까지도 깃들어 있었다.

"장강검문에 몸을 의탁하지 않았으면 나는 진작 죽은 목숨이었을 거요."

진자강이 말했다.

"왜 다른 분들이 이곳을 소개해 주었는지 알겠습니다."

중년인은 비릿한 느낌이 드는 미소를 지었다.

"당신에 대해서는 얘기를 많이 들었소. 당가대원을 불사르고 그 집 딸년을 휘어잡았다지? 그 얘기를 듣는데, 내가 한 것처럼 통쾌하더군."

"살기 위해 한 일이었습니다."

"상관없소. 내가 즐거웠으니까. 그럼 물건을 봅시다."

진자강이 끊어진 탈혼사를 내밀었다.

중년인은 바로 알아보았다. 중년인의 손이 살짝 떨렸다.

"탈혼사로군. 어지간해서는 끊어지지 않는 놈인데. 왜 이렇게 되었는지 물어도 되겠소?"

장인들은 보통 무기의 용처에 대해 묻지 않는다. 일부러 궁금해하지 않는다. 굳이 알 필요가 없는 일, 남모르는 일을 알게 되면 자신의 목숨이 달아나기 때문이다.

그러나 중년인은 강호에 관심이 많은 듯 아랑곳하지 않았다.

"빈의관 영현사의 골조(骨爪)에 끊겼습니다."

"본 적은 없으나 소문은 들었소. 영현사의 골조는 특수하게 단련되어 손가락뼈가 보검 보도에 버금간다고."

"이젠 죽었습니다."

중년인이 씨익 웃었다.

"멋지군. 탈혼사의 주인, 독룡. 내 이전보다 훨씬 더 기가 막힌 놈으로 개량해 주도록 하지."

"어떤 식으로 가능합니까?"

중년인이 설명했다.

"탈혼사의 실을 아예 보이지 않도록 만들 수 있소이다. 밝은 낮에는 투명하여 빛에 비치지 않고, 밤에는 시꺼먼 묵빛이 되어 전혀 보이지 않게 될 거요. 어떻소?"

진자강은 잠시 생각했다. 그러다가 고개를 젓고 말했다.

"반은 보이게, 반은 보이지 않게 해 주십시오."

진자강의 말에 중년인은 잠깐 멍한 표정을 지었다.

"그런 생각은 전혀 해 보지 못했소."

"가능합니까?"

중년인이 눈을 감고 혼자서 뭔가를 중얼거리다가 말했다.

"탈혼사의 고리를 지금보다 더 얇게 하여 아예 두 개를 만들겠소. 하나는 보이는 실이 달린 고리, 다른 하나는 보이지 않는 실이 달린 고리. 어떻소."

"충분합니다."

중년인은 진자강을 다시 쳐다보았다.

"어떻게 지금까지 살아남았는지 알겠어. 무서운 사람이군, 당신."

무작정 보이지 않는 것보다, 보이는 것 뒤에 보이지 않는 것이 더 치명적이다.

작은 것 하나에도 무섭도록 상대를 흔드는 심리를 담는 것이다.

중년인이 무슨 생각을 했는지 갑자기 제안했다.

"더 필요한 것은 없소? 원래 내 전문은 날붙이요."

"그렇다면 낫 두 자루를 부탁하고 싶습니다."

"낫? 알겠소. 설마하니 풀을 베려는 용도는 아니겠지."

"대가로 무얼 도와 드리면 되겠습니까."

중년인이 진지하게 말했다.

"내 다리를 이렇게 만든 놈의 다리를 똑같이 잘라 주시오. 그 탈혼사로."

"이름은?"

"당상율! 탈혼방의 방주!"

진자강도 그 이름을 들은 적이 있었다. 이미 한 번 만나기도 했다.

"이름을 보면 알겠지만 탈혼사는 탈혼방 방주인 당상율의 독문 무기였소. 내 다리를 이렇게 만든 놈이기도 하지."

"당신의 이름은?"

그 말에 중년인은 희열로 몸을 떨었다. 자신의 이름을 물어봐 준 것은 단순히 복수를 해 주겠다는 뜻이 아니다. 자신의 한을 담아 진정으로, 제대로 된 복수를 하겠다는 뜻이다!

"내, 내, 내 이름은 번우라고 하오."

"알겠습니다. 탈혼방주 당상율은 이승의 마지막을 그 이름과 함께하게 될 겁니다."

번우는 울컥하여 그 자리에서 바로 엎드려 절을 했다.

"고맙소. 고맙소!"

진자강은 번우를 부축해 일으켰다. 하지만 번우는 한동안 감정을 추스르지 못했다.

* * *

진자강은 객잔으로 돌아왔다.

운정이 방에서 기다리고 있었다. 운정이 진자강을 보더니 머리를 긁적거렸다.

"저……."

운정은 휴 하고 한숨을 내쉬더니 말했다.

"독룡 도우에게 아까의 일로 사과를 하려고 합니다."

진자강은 말없이 운정의 얘기를 들었다.

"독룡 도우가 잘못한 건 아니지만 일반인이 휘말렸다는 데에 화가 났습니다. 하지만 생각해 보니, 일전에 배에서도 상인들을 챙긴 건 독룡 도우였더라고요. 나는 아무것도 하지 않았어요. 이번에도 나는 아무것도 하지 않은 채 독룡 도우에게 책임을 떠넘긴 거였죠."

운정이 확 고개를 숙였다.

"미안해요!"

그런 운정의 앞에 진자강이 손을 쑥 내밀었다. 상큼하고 달콤한 냄새가 운정의 코를 찡긋하게 만들었다.

"어? 이건……."

"산사 열매로 만든 정과입니다."

지난번에 운정이 맛있게 먹은 걸 기억하고 있었던 것이다.

운정이 눈물을 글썽했다.

"독룡 도우……."

운정이 정과를 먹으면서 진자강에게 물었다.

"그런데 어딜 다녀오셨어요?"

"산동 사파 사람을 만났습니다."

"네? 산동 사파요?"

"소소가 어떻게 지내는지 궁금하지 않습니까?"

운정의 눈이 반짝거렸다.

"궁금하죠!"

진자강은 산동 사파의 사내에게 들은 얘기를 전해 주었다. 운정은 소소의 소식을 듣고 안타까워하면서도 안도했다.

"아아, 다행이네요. 소소는 산동에서 자리를 잘 잡고 살고 있군요."

"그렇게 보고 싶으면 서신이라도 보내 보십시오."

"그, 그럴까요? 하지만 뜬금없이 서신을 보내긴 좀⋯⋯."

진자강은 운정의 얼굴이 발그레해진 것이 귀여웠다. 그래서 웃고 있는데 운정이 진자강에게 진지한 얼굴로 물었다.

"독룡 도우."

"예."

"도우는 어떻게 당하란 소저의 마음을 얻었나요?"

"⋯⋯."

진자강은 운정의 말에 살짝 당황하면서도 당하란과의 기억을 떠올렸다.

"부인이 제게 데려가 달라고 한 것 같습니다."

운정의 표정이 썩었다.

"아니, 그거 말고요. 그 전에요. 뭔가 얘기를 주고받으면서 친해진 계기가 있을 거 아니에요. 가장 선명하게 기억나는 얘기요."

"음……."

진자강은 진지하게 생각했다.

"부인이 나 때문에 당가대원의 감옥에 갇힌 적이 있습니다."

"오호라!"

운정의 눈이 반짝였다.

"그래서요?"

"찾아갔습니다."

"구하러요?"

"혹시 죽을 생각이라면 죽여 주겠다고 했습니다."

운정의 표정이 다시 썩었다.

"기껏 찾아가서 죽이겠다고 했다고요?"

"아뇨. 죽을 생각이라면 죽여 주겠다고 한 겁니다. 죽이러 간 것이 아닙니다."

"저기…… 제가 듣기엔 그게 그거거든요?"

진자강이 운정을 협박했다.

"더 듣기 싫습니까?"

"아, 네네……. 그랬더니요?"

"울었습니다."

운정이 황당해서 진자강을 빤히 보았다.

"아니, 죽인다고 하면 우는 게 당연하잖아요!"

진자강이 약간 어색한 웃음을 지었다.

"하지만 죽고 싶지 않다고 했습니다."

"그것도 당연한 얘기잖아요!"

진자강이 입을 다물고 고개를 돌렸다. 뭔가 얘기할 거리를 생각하는 듯했다.

"기억을 좀 더 떠올려 보세요."

"으음."

진자강이 한참 생각하고 대답했다.

"기억이 납니다. 청성산에서의 일입니다."

"오오오!"

"그러고 보니 그때도 부인을 죽이려고 했었군요."

"……."

운정은 진자강의 경험이 전혀 도움이 되지 않는다는 생각이 들었다. 더 듣지 않아도 될 것 같다는 생각이 심각하게 들었다.

"저, 죄송한데 죽이는 거 말고는 좀 없나요? 좀 사소한 거라도요."

"복천 도장께서 말려 주셔서 싸움을 멈췄더니, 부인이 갑자기 자신을 거두어 달라고 내게 부탁했습니다."

"……."

운정은 어이가 없어져서 입을 벌리고 다물지 못했다.

그러다가 더는 참지 못하고 소리쳤다.

"둘 다 이상해! 독룡 도우 말만 들으면 당 소저도 진짜 이상한 사람인 것 같아!"

"꼭 그런 건 아닙니다."

"뭐가 꼭 그런 게 아니에요! 독룡 도우는 죽이겠다고 달려들고, 그 와중에 당 소저는 받아 달라 그러고! 도대체 무슨 이상한 관계냐고요!"

"더 기억나는 거라면……."

운정은 고개를 절레절레 내저었다.

"아니요. 독룡 도우에게 상담을 한 게 잘못인 것 같아요. 저는 독룡 도우처럼 이상한 사람이 아니라서 죽이겠다고 막 그러지는 못하겠거든요."

진자강은 어깨를 으쓱했다. 진자강도 이제 와 생각해 보니 머쓱한 기분이 들었다.

운정이 한숨을 쉬며 말했다.

"차라리 그냥 근황이나 좀 묻고 그러는 게 자연스럽겠어요. 뭐, 올해 청해에 눈이 많이 와서 산동에 홍수가 날지 모르니 조심하라는 얘기라도 쓰든지요."

진자강은 문득 희한한 기분이 들었다.

"홍수가 나는 걸 미리 알 수 있습니까?"

"네. 청해에 눈이 많이 오면 그해에는 큰 홍수가 나요.

봄에 쌓인 눈이 녹으면서 장마 때 황하와 장강이 크게 범람하게 되거든요. 올해는 눈이 평소보다 훨씬 많이 왔다고 들었어요. 거의 두 배는 더 온 것 같다네요."

"그게 산동까지 영향을 끼치는군요."

"황하가 사천 북부를 거쳐서 산동으로 가니까요. 그 길목에 있는 섬서와 하남에도 피해가 많이 생겨요."

"장강은 어떻습니까?"

"장강도 비슷할 거예요. 장강은 사천 남부를 거쳐서 절강으로 가는데요. 호광이나 복건, 요녕, 절강 항주에서도 피해가 심하다 들었어요."

운정이 옛날 일을 회상하며 말했다.

"홍수가 나면 이재민이 많이 발생하기 때문에 우리 청성에선 언제나 구민(救民)행을 나가거든요. 그래서 늘 청해의 겨울 날씨를 주목하고 있죠."

홍수는 역병과 관련이 깊다.

진자강은 혹시 철산문이 역병 약재를 사들인 게 홍수와 관련이 있을까 생각해 보았다. 하지만 철산문이 사라진 게 이미 삼 년 전이다. 올해의 홍수를 예측하고 약재를 사 두었으리라는 건 아무리 생각해도 과장된 추측이다.

진자강이 생각에 잠기자, 운정이 계속해서 혼잣말처럼 말했다.

"아, 그러고 보니 올해는 구민행을 어떻게 하시려나 모르겠네요. 올해가 사 년째니까 사숙님들은 홍수가 날 걸 알고 계셨을 텐데. 하지만 청성산을 나왔으니 다시 사천에 모이기도 애매하고……."

운정의 말을 들은 순간, 진자강은 정신이 번쩍 들었다.

"지금 뭐라고 했습니까?"

"구민행을 어떻게 하실지 궁금하다고요."

"사숙님들은 이미 알고 계셨을 거라고 한 말을 얘기하는 겁니다."

운정이 그게 궁금했냐는 얼굴로 말했다.

"아아, 원래 주기적으로 사 년마다 대홍수가 나거든요. 그러니까 사숙님들은 올해 대홍수가 날 거라는 걸 알고 계셨을 거예요."

매 사 년마다?

진자강은 품에서 약재 입출 내역을 꺼내 다시 확인해 보았다.

"시행온역이다!"

일부는 사시온역에 쓰는 약재였지만, 대부분은 시행온역에 쓰는 약재들이었다!

사시온역은 연중 내내 도는 역병이고 시행온역은 계절에 따라 발생하는 역병이다.

시행온역은 주로 홍수 피해를 입으며 생겨난다.

철산문은 사 년마다 홍수가 있다는 걸 알고 그 전에 미리 준비를 해 두었다는 뜻이다.

하나…….

일전에도 따져 보았듯, 철산문의 역량으로는 약재를 독점하는 데에 한계가 있었다. 그리고 만약에 홍수가 나도 전염병이 심하게 돌지 않으면 쏟아부은 투자금은 어떻게 회수한단 말인가.

그때.

진자강은 뒤통수를 한 대 맞은 듯한 기분이 들었다.

여름[暑].

물[水].

당가대원으로 들어간 당하란이 보내온 두 글자의 전언.

진자강은 등줄기에 소름이 돋았다.

여름과 물.

홍수다!

왜 그 생각을 못 했을까!

당하란은 진자강에게 올해 여름의 홍수를 경고한 것이다. 홍수를 틈타 무슨 일인가가 벌어진다는 경고였다.

그리고 거기에는 반드시 역병이 동반되는 게 틀림없었다.

철산문은 운남에서야 오대 독문이지만 중원에서 보면 변방의 소문파에 불과하다. 철산문이 당가에서 꾸미는 일 전부를 알았을 리 만무하다.

그러나 당가, 혹은 독문 전체에서 무언가 일을 꾸미고 있고 그 때에 대단한 역병이 돌 거라는 정도의 언질은 받았을 수 있다.

북천 사파가 운남 독문의 뒤처리를 하려고 나선 걸 보면, 철산문뿐 아니라 다른 오대 독문들 역시 비슷한 정보를 공유하고 있었다는 추측이 가능하다.

그것은 비단 운남뿐 아니라 중원의 독문 전체에 해당되는 얘기일 수도 있었다.

약초와 약재를 다루던 약문이 멸망함으로써 약문의 사업은 독문에 흡수되었다. 강호의 다른 문파들은 약초와 약재의 흐름이 어떻게 돌아가는지 알 길이 없게 되었다.

오로지 독문만이 안다.

'혹시 그것 때문에 십 년 전 전체 약문을 공격하였던 건가?'

만일 진자강의 생각이 맞다면…… 중원의 다른 독문도 운남 독문이 한 것과 마찬가지의 행동을 했을 터였다.

다른 독문들 역시 온역에 대비해 약재를 비축해 두었다면……

결론은 확실해진다.

이제 진자강이 할 일은 다른 독문을 뒤져 확인해 보는 것이다.

진자강은 소매에서 종이로 싼 덩어리를 꺼내었다.

"운정 도사, 고맙습니다. 덕분에 중요한 일을 알게 됐습니다."

"뭔지 모르겠지만 도움이 됐다니 얼떨떨하네요."

진자강은 덩어리를 운정에게 건네주었다.

"이것도 드십시오."

"앗! 그렇잖아도 더 먹고 싶었는데 고맙습니다."

운정은 바로 정과를 입에 넣고 우물거리다가 무슨 생각이 들었는지 진자강을 쳐다보았다.

"근데 왜 두 개나 사셨어요?"

*　　　*　　　*

초이렛날.

탈혼사의 수리가 약속된 날이었다.

진자강은 번우를 찾아갔다. 번우는 다소 야위어 보였지

만 눈빛은 맑았다.

"얼굴이 좋아 보이십니다."

번우가 씨익 웃었다.

"하루 여섯 시진을 자고 여섯 시진을 일하였소. 최고의
몸 상태에서 작업을 했지. 장담컨대 만족할 거요."

번우가 깨끗한 천에 싸인 탈혼사를 건네주었다. 고리의
굵기가 예전보다 절반으로 줄어들었다. 대신 두 개로 만들
어졌다.

"왼쪽 것은 백사(白絲). 오른쪽 것은 묵사(墨絲)요."

진자강은 백사와 묵사의 고리를 왼손과 오른손에 각각
따로 끼웠다.

그러곤 왼쪽 백사의 고리를 분리시켰다.

딸깍.

고리가 반으로 쪼개지면서 밑으로 떨어지다가 공중에서
대롱거렸다.

예전과 똑같이 가느다란 실이 연결되어 있는 게 얼핏 보
였다.

이것이 백사다.

백사를 끌어 올려서 재조립한 후, 묵사를 분리시켰다.

진자강의 눈이 이채를 발했다. 놀랍게도 묵사의 실은 거
의 보이지 않았다. 분리된 고리가 허공에 떠 있는 듯했다.

번우가 두툼한 쇠못 한 자루를 공중에 던졌다. 진자강이 묵사의 고리로 쇠못을 휘감았다.

묵사의 실이 보이지 않으니 이번에도 쇠못이 공중에서 떠 있는 듯했다. 진자강이 내공을 주입하고 손목을 튕겼다.

싹!

쇠못이 그대로 잘려서 토막 나 떨어졌다.

"굉장하군요. 잘리는 느낌이 이전보다 훨씬 좋습니다."

"만일 백사와 묵사가 엉키면 백사가 끊기고 묵사가 남을 거요."

"일부러 그렇게 만드신 겁니까?"

"남들은 둘이 엉키면 둘 다 끊어지겠다 생각하겠지. 구명의 비밀은 하나쯤 있어야지 않겠소?"

"감사합니다."

"감사받기엔 아직 멀었지."

번우가 자신만만한 표정으로 한 뼘 반 길이의 단봉 두 자루를 건넸다.

"이것은……."

"맨 아래쪽을 쥐고 두 개를 부딪쳐 보시오. 중간에 손가락이 닿지 않도록 조심하고."

진자강이 가장 아래쪽을 잡고 두 개의 단봉 윗부분을 부딪쳤다.

딱!

그 순간 철컹! 소리와 함께 단봉에 접혀 있던 날이 튀어
나왔다. 순식간에 단봉은 낫으로 변했다. 낫의 날은 거무튀
튀한데 전체적으로 완만한 곡선을 그리며 휘어 있었고, 안
쪽이 시퍼렇게 벼려져 있어서 날카롭기가 이루 말할 수 없
을 정도였다.

"절겸도(折鎌刀)요. 이름 그대로 꺾어서 단봉으로 쓸 수
도 있고 급할 땐 날을 뻗어 낫으로 쓸 수도 있지. 그리고 밑
바닥에는 작은 구멍이 패어 있는데, 탈혼사의 고리를 걸어
서 날릴 수도 있소."

진자강이 탈혼사의 고리를 절겸도의 손잡이 아래에 끼워
보았다. 꼭 맞는다.

"사슬낫처럼 쓸 수 있겠군요."

"쇠사슬이 눈에 보이지 않으니 더 무섭지 않겠소?"

번우의 눈이 자신감 있게 빛났다. 그것은 마치 진자강더
러 이 무기가 마음에 들지 않고는 못 배기겠지? 하고 자랑
스레 말하는 투였다.

장인의 손에서 만들어진 기병.

무엇보다 손잡이가 손에 쥐기 딱 알맞았다. 흔히 하는 말
로 손에 착 붙었다. 피가 묻고 땀이 나더라도 미끄러질 것
같지 않았다.

진자강은 감탄하지 않을 수 없었다.

"최고입니다."

번우가 껄껄 웃었다.

"내 그럴 줄 알았지! 하지만 공짜가 아니니까 너무 고마워할 필요는 없소. 탈혼백묵사와 절겸도는 잘 만들어졌지만, 그것으로도 탈혼방주를 상대하기는 쉽지 않을 거요."

진자강은 이번에도 누군가를 죽이는 것으로 물건값을 지불하게 되었다.

어쩌면 그것은 진자강의, 수라로서 가야만 하는 어쩔 수 없는 외길인지도 몰랐다.

진자강은 번우가 내준 차를 마시며 잠시 얘기를 나누었다.

번우가 독문에 대해 몇 가지를 더 진자강에게 말해 주었다.

"독문 육벌 중에 둘을 물리쳤다고 해서 안심하지 마시오. 독문 육벌은 서로가 서로에게 의뢰를 하는데, 의뢰가 실패하면 다른 조직이 의뢰를 대신하며 대가를 챙기오. 그들은 반드시 소협을 다시 노리고 올 거요. 나살돈과 빈의관은 대단한 무력을 가졌지만 다른 셋은 그보다 더하면 더했지, 덜하진 않소."

당가대원은 진자강이 당장에 손을 쓰긴 어렵다. 당가대원은 하나의 장원이 아니라 당가의 집성촌이며 마을이다. 구조 자체도 요새에 가깝다.

마을 밖으로는 가신 가문의 식솔들까지 거주하고 있어 그 수가 수천에 달한다.

진자강 혼자서는 어찌할 도리가 없는 것이다.

"남은 건 환락천(歡樂天)과 매광공부(煤鑛工夫), 낭중령의(郎中鈴醫)."

번우가 말을 이었다.

"그중에서 소협이 흥미를 가질 만한 데가 있소. 바로 낭중령의요."

"독문 육벌에 의원이 있습니까?"

"강호낭중(江湖郎中)들로 이루어진 조직이오."

강호낭중은 강호를 떠도는 의원들을 말한다. 자신만의 비방을 가지고 있으며 일정한 무공을 겸비했다. 특별한 목적 없이 떠돌면서 의술을 베풀고 약을 팔아 생활하는 것으로 알려져 있었다.

하나 이들은 동네 의원과 달라서, 험한 강호를 주유하며 살기에 의술을 사람들을 위해 펼치지만은 않았다. 가끔 약 대신 독을 쓰기도 하고, 자신의 의술을 높이기 위해 인륜에 어긋나는 일도 서슴지 않아 정파의 협객들에게 쫓기는 일도 있곤 했다.

그런데 더 놀라운 일은 그 강호낭중이 본래 정사지간으로 약문과 훨씬 사이가 가까웠다는 사실이다. 당연하게도 약을 쓰기 위해서는 약재가 필요한 때문이다.

"하지만 낭중령의는 독문과 약문의 싸움이 벌어졌을 때 가장 먼저 약문을 배신하고 독문으로 붙었소. 그리고 단숨에 독문 육벌에 올랐지."

약문의 배신자 낭중령의.

번우가 말했다.

"만일 소협이 과거의 일을 알아내고자 한다면 낭중령의를 찾아보는 것도 좋을 것이오."

"강호낭중은 강호 어디에나 있고, 또 어디에도 없다는 말을 들었습니다."

그만큼 떠돌아다녀서 찾기가 어렵다는 뜻이었다.

"본래는 점조직이었으나 독문에 합류하면서 장원을 세웠소."

"그곳이 어디입니까."

"이곳 무한에서 북쪽으로, 하남성으로 오르는 길에 있소."

하남!

운정이 말하길, 황하가 범람하면 홍수 피해가 심하게 난다고 했던 곳이다.

그곳에 장원이 있다면 반드시 어떤 식으로든 낭중령의는 관련된 흔적을 남기지 않을 수 없을 터였다.

다만 하남성에는 소림사가 있다.

진자강으로서는 부담이 되지 않을 수 없는 길이었다.

하지만 어차피 운정은 소림사로 가야 하기도 하고, 은거지를 알 수 없는 환락천과 매광공부에 비하면 낭중령의가 훨씬 가깝다. 거기다 무한은 홍수의 피해가 예상되는 지역이라 확실하게 상황을 파악할 수도 있다.

무엇보다 매번 기습을 받기만 하는 건 진자강의 성격에 어울리지 않았다. 지금쯤 독문 육벌에 먼저 치고 들어가 경고를 해 줄 때가 되었다.

"가야겠군요."

"조심하시오."

진자강은 다시 한번 번우에게 복수를 약속하고 떠났다.

이제 자신이 걸어가야 할 길이 눈앞에 고스란히 보이는 듯했다.

第四章

아비앵화단(亞比櫻花團)

　곽가보(郭家堡)는 호광 남부에 있는 중소 문파다.

　보의 인원은 쉰 명 정도로 많은 편이 아니나, 장사 인근에서는 꽤 오랫동안 자리를 잡고 있던 백도의 문파였다.

　그러나 오늘, 곽가보의 보주 곽상은 보의 인원을 한데 모아 놓고 좋지 않은 표정으로 서 있었다.

　곽상의 아들 소보주 곽응도 상기된 얼굴로 씩씩댔다. 곽응은 서신을 손에 쥐고 화를 냈다.

　"대체 어떤 건방진 자식들이 이딴 서신을 보냈단 말입니까! 감히 우리 곽가보에게 입장 표명을 명확히 하라고? 그러지 않으면 백도 무림의 정기를 지키기 위해 정의의 심판을 내리겠다?"

곽가보는 설립 이래 소수의 인원으로도 정사대전이며 마도대전 같은 백도의 행사에 꼬박꼬박 참여했다. 그런 곽가보로서는 이런 서신을 받았다는 자체가 모욕적이었다.

곽상이 굳은 얼굴로 말했다.

"요즘 호광에서 이상한 것들이 몰려다니며 소란을 피운다더니, 이놈들이 우리 쪽에까지 올 줄은 몰랐구나."

"그러니까, 자기들이 뭔데 감히 우리에게 입장 표명을 해라 말아라 한단 말입니까!"

"아비앵화단."

"아비앵화단? 그게 뭡니까?"

"무림세가의 자제들이 주축이 되어 온갖 놈들이 가세한 조직이다. 겉으로는 정파의 의기를 지킨다고 하지만 실제로는 뒤로 정의회의 사주를 받고 있는 놈들 같다."

"이 쓰레기 같은 것들이……."

"본래 세상이 어지러워지면 간신배 같은 놈들이 제 이득을 챙기기 위해 날뛰는 법이다. 이런 때일수록 정신 똑바로 차리거라. 우리 곽가보가 승냥이 같은 것들에게 물어뜯길 수는 없다."

그때였다.

쾅! 쾅쾅쾅!

누군가 곽가보의 장원 문을 거칠게 두드렸다.

"게 아무도 없느냐!"

쾅쾅쾅.

왔다!

곽가보의 무사들이 날카로운 눈으로 정문을 주시했다.

곽상이 명령했다.

"문을 열어라."

그러나 무사들이 문을 열기도 전에, 도끼날이 먼저 문을 부수고 들어왔다.

쾅! 콰직! 콰직.

곽가보로서는 어이가 없는 일이 아닐 수 없었다. 문을 열기도 전에 부수고 들어오다니!

"저, 저런 몰상식한 것들……!"

두 명의 청년들이 도끼로 문을 박살 내고 뜯어냈다. 그리고 그쪽으로 수십 명의 청년들이 손에 몽둥이를 든 채 우르르 뛰어 들어왔다.

순식간에 청년들과 곽가보의 무사들이 대치하는 상황이 되었다.

뛰어 들어온 이들 중 앞선 청년이 외쳤다.

"우리는 백도 무림의 정기를 수호하는 아비앵화단이다! 곽가보는 입장 표명을 할 준비가 되었는가!"

소보주 곽응이 분개하며 손가락질을 했다.

"이 건방진 놈들! 여기가 어디라고 함부로 난장을 피우느냐!"

청년들 사이로 곽응과 안면이 있는 이가 나왔다.

다름 아닌 제갈가의 청년이었다.

그가 외쳤다.

"곽 형! 우리는 단지 곽가보의 생각을 알고 싶은 것이오! 곽가보는 우리와 생각이 같은가, 아니면 다른가! 생각이 같다고 한다면 아무 일도 일어나지 않을 것이오. 우리는 이대로 떠나리다!"

"우리는 대대로 장사에서 정파로 살아왔소. 그리고 같은 무림총연맹의 회원이기도 하오. 한데 우리더러 무슨 입장을 표명하라는 거요?"

다른 청년들이 윽박질렀다.

"금강천검 백리 대협을 따라 정의회에 충성할 것인지, 아니면 마교와 손을 잡은 해월 진인을 여전히 따르고 있는지 말하란 말이다!"

화가 나서 얼굴이 새빨개진 곽응을 대신해 보주 곽상이 말했다.

"무림 맹주께서는…… 단 한 번도 사심으로 무림을 다스리신 적이 없다. 그런데 마교와 손을 잡다니, 그 증거가 있느냐?"

청년들이 소리쳤다.

"귀주 지부에서 탈주한 마교의 광명정사 야율환이 증거다! 해월 진인이 지부의 옥에 광명정사를 숨기고 있었다!"

곽상이 청년들을 노려보며 답했다.

"귀주 지부장 금복상인 해막은 금강천검의 수하다. 그는 과거 독문으로부터 뒷돈을 받고 귀주 약문을 정리하는 데 도움을 주었다. 그리고 알다시피 지난날 독문은 금강천검과 협력 관계였지. 그러니 의심을 하려거든 마땅히 금강천검을 의심해야 하지 않겠는가."

청년들이 소리를 질렀다.

"감히 마교의 편을 들다니! 역시 정파의 탈을 쓴 마교의 주구였구나!"

"보자 보자 하니 어린놈들이 눈에 보이는 게 없는 모양이로구나! 어디 애먼 사람을 함부로 마교의 주구로 모느냐!"

곽상이 노하여 외쳤다.

"너희들 개개인의 소속과 이름을 밝히거라! 대체 어떤 놈들이 이런 짓을 저지르는지 내 낱낱이 밝혀 세상에 고하리라!"

이름난 자라고는 제갈가의 청년과 몇몇밖에 없었다. 나머지는 어디서 어중이떠중이를 다 끌고 온 것인지 알 수 없는 이들이었다. 심지어는 뒷골목 건달패 같은 자들도 있었다.

하나 청년들은 곽상의 말을 받아 주지 않았다.

제갈가의 청년이 소리쳤다.

"곽가보는 이미 마교에 넘어갔으니 그의 말을 더 들을 필요가 없다. 형제들이여!"

제갈가의 청년이 손을 들었다.

"다시는 곽가보처럼 정파를 배신하는 자들이 나오지 않도록 우리 아비앵화단의 힘을 똑똑히 보여 줍시다!"

청년들이 물불 가리지 않고 곽가보의 무사들에게 달려들었다.

"와아아아!"

"와아아!"

싸움이 시작되었다.

부서진 정문으로 더 많은 청년들이 몽둥이를 들고 밀물처럼 쏟아져 들어왔다.

곽가보의 장원에 연기가 피어올랐다.

망료가 가마에 탄 채 그 모습을 흐뭇하게 내려다보고 있었다.

옆에 함께 앉은 심학은 못내 걱정스러운 표정으로 휘장

을 열어 밖을 힐끗거렸다.

"정말로 이래도 되는 거요? 곽가보는 이 지역의 터줏대
감이오. 곽가보가 이런 수모를 당하고 우리 쪽으로 들어올
리가 없지 않소."

심학이 이해할 수 없는 게 이 부분이었다. 곽가보를 전멸
시키겠다고 이러는 게 아니었다. 두들겨 패고 약탈하고 부
수는 게 목적이었다. 그 와중에 사상자가 생기는 건 상관없
다면서도 굳이 다 죽일 필요는 없다는 것이다.

"괜찮소, 괜찮소. 그래야 곽가보는 아니라도 다른 놈들
이 겁을 먹고 들어올 테니까. 후환이 될 것들을 좀 놔두어
도 상관없소. 나중에 우리가 대세가 되면 한 번에 쓸어버리
면 되오."

"하지만 우리가 아비앵화단의 뒤에 있다는 것이 밝혀지
면……."

"이미 다들 알고 있을 거요. 이번 일의 묘미도 바로 거기
에 있지. 누구나 다 알지만, 차마 입 밖에 내어 물을 수 없
다는 것. 누가 물어보면 모른다고 하시오. 자기들이 나서서
협의에 불타 저러는 걸 우리가 어쩌겠느냐고 하시오."

"하지만……."

"걱정할 것 없다니까. 이미 아비앵화단에 가입하겠다고
나선 놈들이 꽤 된다지 않소?"

"그야…… 벌써 이천 명이 넘었다고 하외다. 이 추세라면 이달 안에 만 명은 족히 채워질 것 같소."

호광에서 시작된 청년들의 조직 아비앵화단은 순식간에 중원 전역으로 퍼졌다. 강호의 혼란에 가만히 있지 말고 젊은 피가 나서자고 구호를 외치기 시작한 것이 발로였다.

망료가 껄껄 웃었다.

"잘난 가문과 문파의 출신들 때문에 꽉 막힌 출셋길. 가슴 속에 맺힌 응어리와 분노. 성공에 대한 욕망. 그 꽉 막힌 마음에 불을 지폈으니 한동안은 꺼지지 않을 거요."

"하지만 출신을 알 수 없는 놈들이 다 몰려든 것이 문제요. 며칠 전에는 산서의 작은 문파에서 문파의 여식과 여제자들을 겁탈하는 일도 있었다 하오."

"그렇소? 그것 아주 잘하고 있구먼!"

"이게 웃을 일이오?"

"명문세가의 자식들을 앞세우긴 하였으나, 실제로는 화적, 비적을 비롯해 건달패며 흑도에서 놀던 자들이며 온갖 놈들을 다 모아 놨으니 당연히 그런 일이 벌어질 수밖에."

망료는 더 크게 껄껄 웃었다.

"알려지면 알려질수록, 더러우면 더러워질수록 더 좋소. 아주 건드리기조차 꺼려질 정도로 더러운 똥구덩이가 되면 더 좋소. 칼로 위협하면 칼을 들고 반항하지만, 똥을 퍼부으면 피하거든. 그러면 더러운 것에 휩쓸리기 싫어서라도 우리 쪽에 붙는 척이나마 할 거요. 그게 아비앵화단을 움직이는 목적이오."

"으음……."

"아무튼 끝나고 나면 저 아이들에게 먹을 거나 좀 사 주고 돈이나 좀 쥐여 주시오. 뭐라도 얻어먹는 게 있어야 힘을 내서 앞잡이질을 하고 다니지."

"알겠소."

"그리고 먼젓번의 기루에 예쁘장한 아이들을 준비시켜 놓았으니 심 군사도 편히 놀다 가시오. 나는 좀 다녀올 데가 있어서 잠시 자리를 비우겠소이다."

*   *   *

강서성 남창의 무림총연맹.

맹주인 해월 진인은 여전히 두문불출 나서지 않고, 각 문파와 세가들은 구심점을 잃고 분열하여 현재 무림총연맹은 사실상의 기능을 잃은 상태였다.

하나 여전히 백도무림을 대표하는 모임으로서의 명맥을 유지하고는 있었다.

그곳 대전의 회의실에서 뜨거운 성토가 이어지는 중이었다.

남궁가와 무당파, 그리고 광동의 세가들이 큰소리로 항의했다.

"이게 도대체 말이 되는 일인가?"

"중원 각지에서 아비앵화단인지 뭔지 하는 어린 것들이 몰려다니며 온갖 패악질을 다 부린다고 하오. 약탈에 방화에…… 심지어 차마 입에 담기도 힘든 짓까지!"

"입이 있으면 어디 변명이라도 해 보시오!"

쏟아지는 비난에 긴 탁자의 반대쪽에 앉은 화산파와 공동파, 제갈가에서 오히려 화를 냈다.

"그만들 하시오."

"어린것들마저 백도 무림의 정의를 수호하고자 나선 마당에, 격려하지는 못할망정 댁들은 어째서 그들을 비난하는 것이오?"

"젊은 아이들마저 그리 강호 무림의 미래를 생각하는데 당신들은 여전히 마교의 편을 들기에 여념이 없구려!"

남궁가에서 날카롭게 물었다.

"정의회를 따르라느니 백리 대협에게 충성을 바치라느니 하며 협박을 한다던데, 그게 어디 평범한 젊은 친구들이겠소이까?"

반대쪽의 황보가에서 성질을 부렸다.

"평범하지 않으면? 저들이 우국충정(憂國衷情)이라도 하는 것처럼 무림을 생각하는 마음이 기특하지 않소? 그런 마음을 이해하지 못하는 당신들이 더 수상하지!"

무당파에서 끼어들었다.

"여러 말 할 것 없소. 이 사태의 당사자인 한마디만 묻겠소이다. 백리 대협은 이번 일에 어디까지 관여하셨소이까?"

그 말에 대전의 모두가 백리중을 쳐다보았다. 백리중은 그때까지 묵묵부답으로 듣고만 있다가 처음으로 입을 열었다.

"본인은 전혀 모르는 일이외다."

기다렸다는 듯 백리중의 편을 드는 이들이 한마디씩 했다.

"것 보시오!"

"아무나 싸잡아서 함부로 엮으려 하지 마시오!"

"당신들에게도 백도를 생각하는 마음이 있다면 더 이상 분열을 조장하지 말고 우리에게 협력하시오. 하여 무림총연맹을 정상으로 되돌리는 것이 순리이외다!"

반대쪽에서도 반론했다.

"정의회니 뭐니를 만들어서 분열을 획책한 것은 그쪽이외다!"

다시 반론이 오갔다.

"그럼 언제까지 맹주의 자리를 공석으로 내버려 두란 말이오? 그것이야말로 강호를 넘보는 사마외도의 무리들이 가장 바라는 일이란 말이오!"

맹주의 자리에 대해 말이 나오자, 기다렸다는 듯 남궁가에서 조소했다.

"결국 목적이 그것이었다는 뜻 아니외까. 맹주의 자리에 누가 어울린다는 것이오?"

남궁가의 장로가 백리중을 쳐다보았다.

"귀하가 직접 대답해 보시오, 검각주. 차기 맹주로 누굴 추대해야 한다고 생각하오이까?"

백리중의 반대파 쪽 인물들이 모두 백리중을 주시했다. 어디 한 번만 실수해 보라는 듯 단단히 벼르는 표정들이었다.

설마하니 백리중이 스스로를 추천하진 않겠지, 하고 대놓고 부리는 말장난이다. 다른 이를 추천하면 그쪽을 민다고 할 테고, 자기 자신을 천거하면 그럴 줄 알았다며 욕을 할 셈이다.

남궁가의 속셈을 알아챈 황보가와 제갈가에서 당장에 딴지를 걸었다.

"어디서 어깃장을 부리는 것이오!"

"어허! 이 사람들이!"

무당파에서도 남궁가의 편을 들었다.

"아니, 한번 들어나 봅시다. 백리 대협이 추천하는 사람이라면 우리도 진지하게 고려하여 보겠소이다. 말을 못 한다면 다른 속셈이 있는 것이겠지?"

그때 백리중이 탁, 소리가 나게 탁자를 짚으며 일어섰다.

"말을 못 할 거야 없지."

"백리 대협!"

백리중이 슬쩍 미소를 지으며 말했다.

"하지만 그런 얘기를 하기엔 아직 이르지 않소? 그러고 보니 저녁때가 다 되었구려. 식사부터 합시다. 사람이 끼니는 거르고 살면 안 되지."

한창 중요한 얘기를 하다말고 밥을 먹자니……!

그런데 이게 처음이 아니다. 벌써 몇 번째다. 곤란한 질문이 있을 때마다 끼니를 핑계로 자리를 흐지부지 빠져나가는 것이다.

남궁가와 무당파 장로들의 표정이 구겨졌다.

백리중의 반대 세력에 속한 이들이 화를 내며 일어섰다.

"아아, 그렇게 밥이 중하다면야 드셔야지."

"하나 언제까지 밥을 핑계로 도망갈 수 있는지 봅시다. 지켜볼 것이오."

"다음에는 반합이라도 싸 와서 며칠 동안 대기를 해야겠군. 그럼 최소한 다른 대답을 들을 수 있겠지."

반대 세력들이 모두 대전을 나갔다.

백리중의 쪽인 문파 장로들은 혀를 차며 나간 이들을 욕했다.

그러나 백리중은 어느 쪽이든 상관없다는 듯, 고개를 돌렸다.

"좋은 냄새가 나는군. 오늘 저녁은 꿩인가."

제갈가의 장로가 감탄했다.

"검각주의 경지가 이전보다 한층 더 깊어진 모양이오. 우리는 전혀 냄새를 맡지 못하겠구료."

백리중이 두어 시진 전에 시작한 회의 때보다 다소 수척해진 얼굴로 웃었다.

"다 밥심이외다. 살기 위해 뭐든 먹을 수 있다고 생각하면 딱히 못 할 일도 없는 것 아니겠소?"

비유가 다소 이상했지만 장로들은 백리중의 비위를 맞춰 주기 위해 웃으며 고개를 끄덕였다.

"뭐, 그야 그렇긴 하구려."

"그럼 우리도 밥심을 키우기 위해 검각주처럼 끼니를 거르지 말고 든든하게 먹어야겠소이다. 껄껄껄."

웃고 있던 백리중의 입술이 살짝 비틀렸다. 무언가가 마음에 안 든 탓이다.

다른 이들에게야 점심 이후에 늦은 저녁인 셈이지만, 백리중의 입장에서는 매우 오랜 기간을…… 무암 존사 이후로 내내 굶주려 있던 참이었다.

당청은 오랜 친우를 만난 것처럼 망료를 환영했다.

"어서 와! 어서 와!"

"격조했습니다."

차폐된 방에는 망료만을 위한 만찬이 준비되어 있었다. 스무 명이 먹어도 남을 만큼의 요리가 차려져 있기까지 했다. 덕분에 망료와 당청의 거리는 긴 탁자로 벌어져 있었다.

"이야아. 내 감탄했어."

당청은 귀밑까지 찢어진 입을 길게 늘여 웃으며 손뼉을 쳤다.

"자네는 정말로 한다면 하는 사람이군. 요즘 같은 시대에 보기 어려운 의인이야."

"별말씀을."

"해월 진인과 백리중이를 갈라놓겠다는 계획을 정말로 실행할 줄 몰랐다네. 그리고 한술 더 떠서 해월 진인을 악적으로 만들어 버렸더군?"

당청은 신이 나서 웃어 댔다.

"이히히! 이히히히! 내 이런 통쾌한 기분은 실로 오랜만이야! 정말 대단했어."

당청이 손을 들어 망료의 앞에 놓인 술을 가리켰다.

"자네를 위해 사천 최고의 술인 오량액과 수정방, 검남 춘주를 모두 준비해 놨으니 내키는 대로 마셔! 음식도, 숙수 다섯 명이 오로지 자네만을 위해 만든 게야!"

하지만 망료는 아무것도 먹거나 마시지 않고 당청을 바라보았다. 당청이 의아해했다.

"왜?"

망료의 눈이 서늘했다.

"왜 그런 눈깔로 나를 보는 게지? 무슨 문제라도 있나?"

망료가 말했다.

"나는 약속을 지켰습니다만, 염왕께선 약속을 지키지 않았습니다?"

"으음?"

당청의 눈이 찡그려졌다.

"나는 약속을 지키려고 무림맹주를 단독으로 쳤고, 무림 공적으로 몰려 죽을 뻔도 하였소이다. 그런데…… 염왕은 나와의 약속 알기를 헌신짝처럼 생각하셨더이다?"

당청의 작은 눈이 웃었다.

"아아, 독룡 말인가?"

"아아 독룡?"

망료는 품에서 염라패를 꺼내 탁자 위에 놓더니, 앞에 놓인 술병을 집어 들었다. 그러더니 술병을 그대로 당청에게 던졌다.

쾅장창!

뜻밖에도 당청은 막지 않았다. 술병이 당청의 머리에 맞고 깨지며 술이 쏟아졌다.

망료가 싸늘하게 말했다.

"내 조건은 독룡을 당가에서 거둬들이는 것이었소이다. 그런데 거둬들이기는커녕 독문 육벌을 동원해서 죽이려 들어?"

당청의 머리와 앞섶이 온통 술로 젖었다.

누군가 지켜보는 사람이 있었다면 망료를 죽이려고 달려들었을지도 모른다.

하지만 당청은 화내지 않고 웃었다.

"이것 봐. 내가 말했잖아. 이거 귀한 술이라고."

당청이 긴 혀를 내밀어 얼굴에 묻은 술을 핥아 먹었다. 망료가 코웃음을 쳤다.

"흥. 나를 내버려 두는 걸 보니 염라패가 아직 유효하긴 한가 보군."

"유효하지. 나는 한번 한 약속을 우습게 여기는 사람이 아니야."

"그럼 왜 독룡을 죽이려 하셨소이까?"

"자네와의 약속은 정확히, 우리 하란이와 독룡을 맺어 주는 것이었네. 하란이가 독룡의 아이를 잉태함으로써 사실상 우리의 거래는 끝난 것이야."

"당가는 데릴사위를 맞아 들이잖소이까. 그런데 독룡이 받아들여지지 않고 아직까지 밖에서 나돌고 있으면, 그건 약속을 지킨 게 아니지."

"거기에서 오해가 좀 있었군."

당청의 눈빛이 진지해졌다. 그러나 찢어진 입 때문에 여전히 표정은 웃는 듯 보인다.

"수십 년이 넘도록 준비해 온 거사(巨事)를 앞두고 있다네. 약문과 일대의 싸움을 벌였고, 치수 사업을 엉망으로 만들기 위해 관리들을 오랜 기간 포섭했네. 극독을 개발하는 데 든 시간과 비용도 만만치 않아."

"그건 내 알 바 아니외다."

"아냐, 이건 중요한 거야. 놈을 데려다가 그냥 탈혼방 하나 맡기고 그럴 게 아니라면 말이지."

흠칫.

망료는 자신과 당청의 시선이 다른 것을 느꼈다. 당청은 지금 한 가지 '가능성'을 두고 말하는 중이었다.

"우리 가문에 뛰어난 놈들은 많지만 당장은 뚜렷한 후계자가 없어. 그런데 지금 시점에서 독룡을 들인다…… 그러면 내부에 큰 혼란이 생긴단 말이지. 거사고 뭐고 후계자 싸움만 하다가 다 끝장나는 게야. 하다못해 독문 육벌이 놈을 받아들이고 인정할 것 같은가?"

"설마……."

"나는 말이야……."

이후에 당청의 입에서 나온 말은 망료를 놀라게 하기에 충분했다.

"이미 놈을 들이기로 결정했어. 그리고 지금도 진행 중이지. 물론 놈이 죽으면 어쩔 수 없는 거야. 놈의 운은 거기까지인 게야. 하지만 만일 놈이 이번 거사가 끝나고, 독문 육벌의 추살에서도 끝까지 살아남는다면."

망료의 눈이 움찔했다.

"설마……."

"놈은 독문 육벌의 주인이 된다."

망료는 소름이 끼쳤다.

당청이 미친 듯이 웃어 댔다.

이히히히! 이히히— 힛! 나는 놈을 독문의 주인으로 만들 거야!

망료가 흥분으로 어깨를 떨었다.

"염왕, 이제 알겠어. 당신은 이참에 독문 육벌까지 갈아 치울 생각이구려."

"거사가 끝나고 새로운 세상이 오면 구시대의 흔적은 모두 사라져야 해! 권력은 집중될수록 좋고, 육벌 따위는 더 이상 필요치 않다. 당가대원! 당가대원만이 강호의 유일한 권력이 될 것이야!"

독문 육벌은 이제까지 독문을 주물러 온 권력이다.

당청은 그것마저 불필요하다 생각하고 하나로 통합해 버릴 생각인 것이다.

"지금까진 아주 좋아. 내가 뒤에서 도움을 줄 필요도 없을 정도로. 독룡은 정말로 내 생각 이상으로 잘 해내고 있어."

진자강은 이미 독문 육벌 중에 나살돈과 빈의관을 굴복시켰다. 진자강이 독문의 수장이 된다면 적어도 둘은 진자강을 반대할 수 없을 것이다.

"나는 이제까지 살면서 그만한 놈을 본 적이 없어. 솔직히 말해서 내가 생각하는 이상과 놈의 이상이 합치한다면, 지금이라도 놈에게 내 자리를 물려줄 수 있어. 그게 스스로 내 목을 죄는 짓일지라도."

"으으음."

망료는 자기도 모르게 마음이 들떴다.

그런 생각을 해 보지 않은 것은 아니었다. 그러나 자신이 생각하고 그렇게 되도록 여러 계획을 꾸미는 것과 독문의 최고 수장인 염왕 당청이 이미 마음을 먹은 건 다른 얘기다.

물론 염왕은 망료보다 더욱 가혹하게 진자강을 몰아붙일 것이다.

그게 후계자를 키우는 사자의 모습이니까.

"하지만."

당청이 표정을 굳히고 눈을 가늘게 뜨며 말했다.

"심각한 문제가 생겼다."

"심각한 문제? 천하의 염왕이 심각하다고 말할 문제가 있소이까?"

"있지. 강호에서 가장 위험한 놈들이 달라붙었거든. 독룡보다도 더 위험해. 어쩌면 거사 전에 우리 독문 자체가 날아가 버릴 수도 있어."

"궁금하구려…… 그게 무엇이외까?"

"소림사!"

망료의 눈썹이 치켜 올라갔다.

당청이 말했다.

"절복종이 깨어났다. 그게 무슨 의미인지 알고 있겠지?"

"어허, 소림사에 변고가 생겼다더니……!"

"절복종이 섭수종을 누르고 전면에 나서기 시작했어. 이제 조만간 강호에는 거대한 피바람이 불 것이야. 그런데 문제는 그뿐만이 아니야."

당청이 찌푸린 얼굴로 말을 이었다.

"무슨 냄새를 맡았는지 전대 금강승이 빈의관의 행사에 끼어들었어. 종남파의 미친개 인자협 불기와 빈의관의 사신 영현사! 그리고 무자비한 집행자 범몽까지 한 배에서 어울려 독룡과 한바탕했다 하더군."

망료의 입술이 당청처럼 옆으로 찢어지며 웃었다. 당청도 찌푸린 얼굴로 웃었다.

"그 와중에도 독룡은 또 살아남았다나? 다른 놈들은 다 죽고. 이히히히! 정말로 멋진 놈이야! 보면 볼수록 너무 마음에 들어 죽겠느니."

망료는 들뜬 마음을 겉으로 드러내지 않기 위해 꽤나 노력을 해야 했다.

"절복종이 나섰다면, 거사는 어찌 되는 거외까?"

"지금으로서는 멈출 수 없어. 거사는 그대로 진행된다."

"내가 도울 일은 없겠소이까?"

"없어. 지금도 매우 잘하고 있어. 아비앵화단은 아주 좋은 생각이었다네. 난동을 피우는 것들이 늘어날수록 강호의 이목은 흐려지고 소림사의 할 일은 많아진다. 자네는 충분히 자네의 역할을 하고 있는 중이야."

"내가 벌써 쓸모없어지다니. 아쉽소이다."

"그럴 리가 있나. 자네는 아직도 할 일이 남아 있다네."

당청이 망료를 보며 넌지시 말했다.

"한번 시작한 일은 끝을 봐야지."

망료는 당청이 한 말의 의미를 알아챘다.

해월 진인이다.

"그건 내가 할 일이 아니오."

"그걸 백리중이가 하면 가장 좋겠지. 하지만 놈이 그러
도록 내버려 두면 안 돼."

당청의 눈빛이 심각해졌다.

"금강천검이 해월 진인을 잡아먹고 더 커지면 그땐 못
잡는다."

"무슨 뜻이오?"

"그렇게만 알아 둬. 해월 진인을 놈의 손에 넘기면 안 된
다는 것만."

"흐음."

당청이 망료의 앞에 놓인 새끼 돼지 통구이를 가리켰다.

"갈라 봐."

망료가 껍질이 바삭하게 구워진 새끼 돼지를 들어 반을
찢었다. 안에서 옻칠이 된 작은 함이 나왔다.

"이것은……."

"삼대 절명독. 자네가 원하던 것이지?"

망료의 눈이 크게 떠졌다.

팔대 극독을 넘어서는 삼대 절명독. 대라신선이라도 죽일 수 있다는 절독.

그것이 마침내 망료의 손에 들어온 것이다.

"기억하시게."

당청이 말했다.

"이제 여름이 머지않았어."

第五章

소봉(燒鳳)

　진자강은 겁먹은 운정을 설득해 하남 쪽으로 방향을 잡았다.

　"어차피 소림사에 범몽 대사의 기명쇄를 전해야 하지 않습니까."

　"아유, 그렇죠. 그런데 스님들이 너무 무섭잖아요."

　운정이 딱딱한 범몽의 목소리를 흉내 내었다.

　"정법! 오로지 정법만이 유일하니라!"

　운정은 배 위에서의 혈투만 생각하면 기가 질린다는 듯 고개를 절레절레 흔들었다.

　"절복종 스님들이 그렇게 무서운 줄 처음 알았어요."

"기명쇄를 가지고 있으니 괜찮을 겁니다."

운정은 잃어버리기라도 할까 봐 배에 꽁꽁 묶어서 감아 놓은 기명쇄를 손으로 만져 보았다.

"아, 원래 무서우면 안 가는 게 자연스러운 건데. 우리 도가에서는 물 흐르듯 세상을 거스르지 않고 따라가는 게 옳은 거거든요."

"안 가면 복천 도장께 혼이 날 거고, 그게 더 싫은 일일 테니까 지금은 소림사로 가는 게 더 자연스럽지 않겠습니까."

"어? 그러고 보니 사부님께 엄청 구박받는 것보다 한 번 무섭고 마는 게 나은 것 같아요. 역시 독룡 도우는 날카롭다니까요."

운정이 새삼 진자강에게 감탄했다.

진자강은 말없이 미소 지었다.

둘은 무한에서 관도를 따라 여남까지 길을 잡았다. 소림 사까지는 훨씬 멀리 가야 하지만 낭중령의가 있는 장원은 그 길목인 여남에 있었다.

쭉 뻗은 관도를 따라가면 엿새 안에 도착할 수 있는 거리다.

심심해진 운정은 진자강에게 경공에 관해 알려 주며 길을 걸었다.

"제가 혼나는 걸 각오하고 알려 드리는 거예요. 이것은 적전제자만 배울 수 있는 경공술인데요. 신비적(神祕趯)이라고 해요."

운정이 몸을 가볍게 앞뒤로 흔들었다가 앞으로 몸을 기울이며 발돋움을 했다.

톡.

순간 운정은 한 번에 거의 삼 장이나 나아갔다. 몇 걸음을 디뎌 삽시간에 열 장 이상 멀어진 운정이 뒤를 돌아보고 손짓했다.

진자강은 운정이 알려 준 대로 호흡하며 옥허구광 오뢰합마공의 내공을 발끝에 모아 발바닥의 장심으로 발출했다.

펑!

진자강은 누군가 뒤에서 민 것처럼 앞으로 확 쏘아졌다. 중심이 너무 앞으로 쏠려서 다음 걸음을 내디디려다가 발목이 꺾였다. 진자강은 허우적거리다가 겨우 자세를 바로 잡았다. 하마터면 꼴사납게 넘어질 뻔한 진자강의 얼굴이 붉어졌다.

"아이참, 그게 아니라니까요! 속도가 중요한 게 아니라 오래도록 안정되게 걸을 수 있도록 내공을 조절해야 돼요. 길게, 길— 게."

오랜만에 기세를 탄 운정이 신나게 쏘아붙였다.

진자강은 몇 번이나 더 신비적을 연습해 보았으나 운정처럼 사뿐히 되지 않았다.

"잘 안 되는군요."

운정이 코를 치켜들고 뽐내듯 말했다.

"당연하죠! 그게 뭐 아무나 다 되면 고수 아닌 사람 없게요? 잠도 못 자고 새벽마다 일어나서 꾸준히 몇 년 수련하고 그래야 되는 거거든요."

그러나 무당파의 촌경도 반나절 만에 체득한 진자강이었다.

내공 인도법과 운영법을 다 아는데 전혀 감도 못 잡고 있다는 것은 이상한 일이다.

'좌우가 불균형한 탓인가.'

진자강의 몸은 왼쪽이 탁기, 오른쪽이 선기로 차 있었다.

두 종류의 내공이 움직이는 속도와 힘이 완전히 달랐다. 아무리 신경을 써도 좌우의 균형을 맞추는 것이 쉽지 않았다.

그것은 순간적으로 속도를 변화시켜서 잔영을 만들어내는 역잔영 혼신법을 사용하는 데에는 유리했으나, 꾸준히 긴 시간 동안 고르게 내공을 사용해야 하는 경공에는 되레 불편했다.

게다가 지금도 아무 생각 없이 걷다 보면 무의식중에 왼발을 절었다. 그것도 더욱 좌우를 불균형하게 만드는 원인일 터였다.

"그럼 할 수 없죠. 독룡 도우에게는 신비적의 연이 닿지 않았으니, 입문 제자들이 배우는 경공을 알려 드릴게요. 저도 처음 삼 년 동안은 이 경공을 배웠죠."

운정이 크게 걸음을 내디디며 뛰었다. 신비적처럼 부드럽고 자연스러운 느낌은 아니었다. 오히려 걸음걸음을 크게 벌려서 껑충껑충 뛰는 모양에 가까웠다.

그래도 그냥 뛰는 것보다는 훨씬 빨랐다.

내공 운영법도 신비적보다 간단하고 어렵지 않았다. 들숨과 날숨이 교차될 때에만 보폭을 줄이고 걸음의 방향을 바꿔야 하는 부분이 있을 따름이었다.

한데 진자강은 그것마저도 제대로 해내지 못했다. 왼발과 오른발을 내딛는 속도가 다르고, 내디딜 때마다 보폭마저 크게 달라서 자꾸만 중심을 잃었다.

"아……."

그 광경을 지켜보던 운정이 마침내 진자강의 문제를 발견해 냈다.

"내가 생각을 못 했네요. 독룡 도우는 다리가 불편해서 보통의 경공이 안 되나 봐요."

"그런 것 같습니다. 오래된 습관을 고치는 게 힘들군요."

"다리가 불편한 분들이 사용하는 전용 경공술이 있다고 들었어요. 불행히도 저는 잘 모르지만."

"신경 써 주어 고맙습니다. 조금 더 연습해 보겠습니다."

진자강도 내공이 낮을 때에는 경공에 큰 신경을 쓰지 않아도 되었다.

그러나 점점 더 고수들을 만나게 되니 보법이며 경공의 필요성이 갈수록 커지고 있었다. 일전에도 해상에서 상당히 곤란하지 않았던가.

진자강은 운정이 알려 준 내공 운영법을 여러 가지로 변화시키며 경공을 시도해 보았다.

'억지로 내공을 틀어 쓰면 안 되고 최소의 내공으로, 잔잔한 모래밭 위를 걷는다는 기분으로.'

경공은 최대한 몸을 가볍게 만들어 먼 거리를 이동하거나 높은 곳을 오를 수 있는 방법이었다. 무지막지하게 내공을 쏟아부어서 속도를 높인다고 해도 중간에 지쳐 버리면 의미가 없었다.

진자강은 한동안 골몰하며 길을 걸었다.

운정도 진자강을 방해하지 않도록 조용히 옆을 걸었다.

관도라 오가는 마차와 수레들, 그리고 상인들과도 여럿 마주쳤다.

그때마다 운정은 그들에게 축원을 읊어 주었다.

진자강이 불편하면 경공으로 먼저 가도 된다고 했더니, 그것만은 결단코 사양했다.

호광과 하남의 경계에 있는 관문을 지나 신양에 들어섰다.

이제 낭중령의가 있는 주마점의 장원까지는 겨우 삼백 리.

관도가 이어져 있어 험한 지형을 지나지 않아도 되기 때문에 이틀이면 충분히 도착할 거리였다.

그러나 하남은 완전한 소림사의 영역이고, 소림사 본사까지도 팔백 리 거리밖에 되지 않았다. 그만큼 소림사의 승려들과 마주칠 가능성도 높았다.

관문을 지나서부터 운정은 눈에 띄게 긴장했다.

"독룡 도우는 생각하느라 바쁘니까 제가 대신 주변을 잘 감시하고 있을게요."

신양은 전통 공업이 활발하고 경제적 교류가 많은 곳이라 수많은 사람들이 관도를 오갔다. 운정은 눈을 부릅뜨고 사람들을 일일이 쳐다보았다. 그러다가도 눈이 마주치면 습관적으로 손을 모으고 인사했다.

운정은 한참을 그러다가 피곤해졌는지 걸으면서 꾸벅꾸벅 졸았다.

문득, 진자강이 걸음을 멈췄다. 졸면서 앞으로 걸어가던 운정이 퍼뜩 놀라 고개를 들었다.

"어? 왜요?"

"이상한 점 못 느꼈습니까?"

"이, 이상한 점이요?"

운정이 눈을 비비며 주변을 둘러보았다. 아직 이른 오후였다. 해는 따가웠지만 주변은 조용하니 아무 일도 없었다.

"없는 거 같은데요?"

"약 십 리 전부터 우리의 앞뒤로 사람이 지나가지 않고 있습니다."

"네?"

그제야 운정은 다시 확인해 보았다. 정말로 관도에 진자강과 운정 둘밖에 없었다. 아까까지는 적어도 수십 명이 오가던 관도였다.

"뭐, 뭐죠? 뭐죠? 왜 이러죠?"

운정이 당황했다.

진자강은 담담하게 말했다.

"조만간 소림사의 승려들을 만나게 될 것 같군요."

진자강이 예견한 대로였다.

산과 호수로 둘러싸인 신양 중심가를 지나 평원으로 들어서기 직전.

산모퉁이를 돌자마자 둘은 소림사의 승려들을 마주쳤다.

모두 세 명이었는데 하나같이 장신의 키에 어깨도 떡 벌어져 있었다. 근육이 엄청나게 탄탄하여 팔뚝이 어지간한 사내의 장딴지 두께와 맞먹었다.

철두공으로 단련된 머리에는 온갖 날붙이에 긁힌 흉터가 남아 있었고, 얼마나 단련했는지 목도 보통 사람의 두 배는 더 되어 보일 만큼 두꺼웠다.

외가공부의 흔적이라 할 수 있는 눈꼬리의 태양혈은 광대뼈만큼이나 튀어나와 있어서 외공이 절정에 이르렀음을 드러내고 있었다.

마치 세쌍둥이처럼 보이는 소림사의 승려들이 범처럼 부리부리한 눈빛으로 진자강과 운정을 내려다보았다.

운정은 소름이 끼쳐서 몸을 부르르 떨었다.

운정 같은 작은 아이는 껴안는 것만으로 허리가 부러질 것 같았다.

가장 앞선 승려가 낮은 목소리로 물었다.

"네가 독룡이냐."

목소리부터 위압적이었다. 힘이 깔린 중저음의 목소리에 서늘한 기운마저 느껴졌다.

보통의 승려들처럼 불호를 외거나 시주라는 말을 덧붙이지도 않았다. 범몽도 부드러운 말투가 아니었는데 이들에 비하면 상냥한 편이었다.

진자강은 세 승려를 훑어보았다.

불진이나 불장은 들지 않은 맨손인데 허리에는 칼을 찼다.

게다가 양 손목과 종아리에는 각반을 대고 끈으로 단단히 묶었으며, 허리에도 복대를 넓게 하였고 옷자락이 매우 짧았다. 움직임에 옷이 거추장스럽지 않도록 신경 쓴 흔적이 역력하다.

하나 다른 점이 있다면 뒤의 둘은 이삼십대 나이로 회색의 승복을 입었는데 앞에 선 승려는 나이가 마흔 정도 되어 보였고, 노란색의 금란가사를 입었다. 길이는 짧지만 범몽이 입었던 것과 비슷한 복장이다.

"금강승. 당신이 당대의 금강승입니까?"

진자강은 대답 없이 되물었다. 먼저 물어본 이가 발끈할 만한 행동이었다.

그러나 앞선 승려는 조금의 표정 변화도 없이 되물었다.

"네가 독룡이냐."

진자강은 앞선 금란가사의 승려를 빤히 바라보았다가, 한참 만에 다시 입을 열었다.

그러나 입에서 나온 말은 대답이 아니었다.

"당신이 당대의 금강승입니까?"

뒤쪽에 물러서서 지켜보고 있던 운정이 흠칫했다.

앞선 승려가 재차 물었다.

"네가 독룡이냐."

진자강이 담담한 표정으로 승려를 보며 똑같이 되물었다.

"당신이 당대의 금강승입니까?"

앞선 승려의 눈이 다소 가늘어지고 턱에 옅은 힘줄이 생겨났다.

"네가…… 독룡이냐?"

진자강은 더 들을 필요도 없다는 듯 바로 대꾸했다.

"당신이 당대의 금강승입니까?"

앞선 승려는 더 묻지 않고 진자강을 노려보았다. 태양혈이 불룩해졌다. 뒤쪽에 있던 승려 둘이 살짝 발을 미끄러뜨리며 품(品)자 형으로 진형을 잡았다.

운정은 기가 질려서 마른침을 꼴깍 삼켰다. 내공의 부딪침은 없었지만 살벌한 기세가 마구 튀어나오고 있었다. 언제 손을 써도 이상하지 않은 분위기였다.

"자, 자, 잠깐만요!"

운정이 참다못해 앞으로 뛰쳐나왔다.

"원시천존. 빈도는 청성의 제자입니다."

세 승려는 꼼짝도 하지 않았는데 눈만 돌아가서 운정을 내려다보았다. 그게 더 소름이 끼쳤다.

운정은 배에 묶어 둔 기명쇄를 천천히 풀었다. 그런데 하도 꽉 묶어서 매듭이 잘 풀리지가 않았다. 손까지 떨리는 바람에 푸는 것이 더 더뎠다.

"아, 이게 왜 이렇게 안 풀리지? 너, 너무 세게 묶었나?"

잠깐의 시간이 억겁처럼 느릿하게 느껴졌다.

운정은 뒤통수에 꽂히는 따끔한 시선에 땀을 뻘뻘 흘렸다.

운정이 겨우겨우 끈을 풀고 기명쇄를 앞으로 내밀었다.

세 승려는 눈을 크게 치켜뜨고 계속 운정을 내려다보았다. 말이 없기 때문에 더욱 공포스러웠다.

"범몽 스님의 기명쇄입니다."

그러나 승려들은 기명쇄를 받지 않았다. 눈에 더욱 힘이 들어갔을 뿐이다.

운정은 마른침을 삼키면서 범몽이 부탁했던 전언을 들려주었다.

"맹주는 죽고, 독문은 멸한다. 범몽 스님의 전언입니다."

그제야 뒤에 섰던 회색 승복의 승려가 앞으로 나와 기명쇄를 받았다. 기명쇄를 손바닥 사이에 걸어 들고 처음으로 반장하며 운정에게 불가의 예를 취했다.

아까보다는 분위기가 조금 나아진 듯했다.

하여 운정이 말을 덧붙였다.

"그리고 한마디를 더 해 주셨습니다. 기명쇄에 독룡 도우와 그의 처 이름을 올리라고요."

기명쇄를 받은 승려가 기명쇄의 뒷면을 앞선 금란가사의 승려에게 보여 주었다.

앞선 금란가사의 승려가 그것을 보고 살짝 고개를 끄덕였다. 그가 운정을 내려다보는 눈빛이 다소 누그러들었다.

"청성파와 독룡, 그리고 그의 처는 숭산 삼십육봉의 그늘에서 겁화(劫火)를 피할 수 있을 것이다."

겁화는 세상의 마지막에 일어나는 큰불을 말한다. 그 때에 소림사가 있는 소실산 쪽의 봉우리에 와 숨으면 살 수 있다는 뜻이다.

"독룡!"

금란가사의 승려가 진자강을 쳐다보며 말했다.

"하남에서 함부로 설치지 말거라. 기명쇄의 음덕(蔭德)은 오직 본사의 그늘 아래에서만 유효하느니라."

진자강은 대답하지 않았다.

금란가사의 승려와 회색 승복의 두 승려가 곧 몸을 돌렸다. 아니, 몸을 돌리려 했다.

그때 진자강이 그들의 뒤에 한마디를 던졌다.

"잘난 척하지 마십시오."

겨우 한숨을 내쉬고 있던 운정은 진자강의 그 말에 기겁했다.

'으악!'

세 승려도 멈칫했다.

승려들이 고개를 돌려 무서운 눈빛으로 진자강을 응시했다.

진자강이 그들을 주시하며 말을 이었다.

"악행에 눈감고, 때로는 방관한 주제에, 이제야 정의인 척 나서며 거들먹거리지 말란 말입니다. 거슬리니까."

운정은 뜨악했다.

진자강의 마음을 이해하지 못하는 바는 아니었다.

소림사는 강호에서 벌어지는 일들을 알고도 방치했다.

진자강은 독문과 약문의 혈사로 말미암아 사문을 잃었다. 강호의 정의인 소림사가 진작 나섰다면 그런 일은 벌어지지 않았을 것이다.

이제 와서 정의를 지킨다고 해 봐야 진자강으로서는 도

무지 소림사를 좋게 볼 수 없지 않겠는가.

하지만, 그 말도 해야 할 때가 있고 아닌 때가 있다.

소림사가 한창 날을 세우고 칼을 휘두르려는 때에 진자강이 소림사의 승려들을 자극하는 것은 섶을 지고 불 속으로 뛰어드는 것과 같은 일이었다.

운정은 손발을 다 휘저으면서 진자강 대신에 변명했다.

"아아아니이이! 그게 아니고요! 독룡 도우의 말은 그게 아니니까, 너무 화내지 마시고요!"

하나 운정은 믿을 수 없는 일을 목격했다.

금란가사의 승려가 이를 드러낸 것이다.

그것도 살짝 웃으면서!

불룩 튀어나온 태양혈이 웃음 때문에 씰룩거렸다!

금란가사의 승려는 지독한 외공수련을 견뎌 내느라 앞니는 물론이고 송곳니마저 끝이 모두 갈려 평평해져 있는 이를 드러내며 웃고 있었다.

다행히도 금란가사의 승려는 곧 입을 다물어 버렸다. 그러곤 바로 경공을 사용하며 훌쩍 뛰어서 관도를 벗어났다.

운정은 다리가 후들거려서 주저앉았다.

"흐아악."

주저앉고 나서 생각해 보니 참으로 화가 나는 일이 아닐 수 없었다. 운정이 진자강에게 빽 소리를 질렀다.

"미치셨어요? 왜 하필 지금 그런 얘기를 해요! 그런 건
좀 속으로 참고 있었어야죠."

진자강은 소림승들이 사라져 간 방향을 보며 눈을 가늘
게 떴다.

"아무래도 이상한 기분이 듭니다."

"뭐가요!"

"왜 굳이 나타나서 내게 끼어들지 말라는 경고를 한 걸
까요."

"독룡 도우가 맨날 사고 치고 다니니까 그랬겠죠!"

"기명쇄를 주러 왔다고 생각했다면, 조용히 돌아가라 했
을 겁니다."

"그야……."

그제야 운정도 조금 이상하다는 걸 알아챘다. 운정이 생
각하다가 도저히 모르겠는지 진자강에게 되물었다.

"왜 그랬을까요?"

"저들은 우리가 하남에 볼 일이 있어 왔다는 걸 알고 있
습니다."

"그러니까요. 제가 생각해도 그렇게 들렸네요. 하지만
우리가 낭중령의를 찾아가려는 것까진 몰랐을 텐데요."

진자강은 잠시 말없이 관도의 저편을 응시했다.

조금씩 사람들의 말소리와 수레바퀴 끄는 소리, 나귀와

말의 투레질 소리가 들려왔다.

거짓말처럼 관도에 사람이 채워지기 시작했다.

"어쩌면……."

진자강은 운정이 사람들을 보며 반가워 정신이 없는 사이에 중얼거렸다.

"겁화는 벌써 시작되었는지도 모릅니다."

* * *

진자강과 운정은 하루를 더 걷다가 관도를 잠깐 벗어났다.

주마점에 있는 낭중령의 장원의 정확한 위치를 알려면 도중에 북천사라는 사찰에 들러 물으라고 했다. 북천사의 주지와 낭중령의의 영수(領袖)가 친분이 있다는 것이다.

한데 북천사로 가는 도중 화전민들이 사는 작은 마을에 들렀을 때, 다소의 소란스러움이 느껴졌다. 마을 어귀가 온통 쑥밭이 되어 있었고 피 냄새도 났다.

운정도 느꼈다.

"독룡 도우!"

"조심하십시오."

진자강과 운정이 마을 안으로 들어가 보니 화전민들이

다친 채로 끙끙거리는 모습이 보였고, 마을 한가운데에는 엄청난 크기의 멧돼지 두 마리가 뻗어 있는 모습도 보였다. 얼마나 난동을 부렸는지 마을 한가운데의 우물을 들이받은 것 같은데 우물이 부서져 있기까지 했다.

"이건……."

그때 화전민들과는 다른 복장의 일남 일녀가 화전민들의 사이를 바삐 오가는 모습이 보였다. 남자는 이십 대 후반, 소저는 이십 대 초반으로 보였는데 미모가 보통이 아니었다. 얼굴에 피가 튀고 머리는 헝클어졌는데도 미모가 돋보였다.

미모의 소저가 양팔을 걷고 손에 잔뜩 피 묻은 천을 들고 가다가 진자강과 운정을 발견했다.

"이봐, 거기! 당신들 가만히 서서 뭐 해?"

운정이 되물었다.

"네? 저희는 지나가던 과객이온데……."

"과객이고 나발이고 여기 상황 안 보여? 사람들이 멧돼지에 받혀서 크게 다쳤단 말야. 딱 보면 도와야겠단 생각 안 들어?"

운정이 얼떨결에 '네!' 하고 답했다.

"뭘 하면 될까요?"

"힘 좀 쓰는 것 같아 보이니까 우물부터 어떻게 좀 해

봐. 물을 써야 하는데 망할 멧돼지가 부숴 놔서 물을 긷질 못하고 있어."

"아, 네."

운정은 급히 우물 쪽으로 달려갔다.

진자강이 가만히 있자 소저가 눈을 찡그리고 화를 냈다.

"뭐야. 당신은 무슨 배짱으로 그렇게 뻗대고 있어? 손발 없어? 사람들 돕기 싫어?"

하나 진자강은 소저를 무시하고 다친 사람들 쪽으로 가서 상태를 살피고 다녔다.

"어이! 내 말 안 들려?"

소저가 진자강에게 소리를 치는데 막 옆을 지나가던 남자 쪽이 진자강을 보다가 고개를 갸웃거렸다.

"잠깐만요, 소저. 저 곤색 무복에 절름발이……."

운정이 우물에서 무너진 돌을 들어내다가 진자강을 보고 외쳤다.

"독룡 도우! 또 싸우지 말고 일단 여기 사람들부터 돕자고요!"

남자의 안색이 허예졌다.

"도, 독룡!"

"뭐, 독룡? 저 싸가지 없는 게 독룡이라고?"

진자강이 스윽 고개를 돌려 소저와 남자를 쳐다보았다. 진자강의 무심한 눈빛에 남자 쪽은 완전히 주눅이 들었다.

진자강이 덤덤하게 물었다.

"보아하니 대부분 타박상과 뿔에 받혀 찢어진 열상(裂傷)이군요. 약재는 충분히 있습니까?"

남자는 입도 못 열고 소저가 대답했다.

"모자라."

"내가 구해 오도록 하죠. 운정 도사, 약초를 좀 구해 오겠습니다."

진자강은 운정에게도 말을 이르고 금세 마을을 떠났다.

진자강의 뒷모습을 바라보던 소저가 눈썹을 튕겼다.

"어쭈?"

*　　　*　　　*

운정은 내공이 깊어 어른 남자보다 힘이 셌다. 운정이 나서자 우물은 금세 복구되었다.

진자강이 구해 온 약초도 큰 도움이 되었다. 진자강은 상처에 붙일 약초를 짓이기고 먹일 약초는 따로 모아 달였다.

마을에 있던 남자는 다친 화전민들을 부축해 한군데 모

아 놓고 부러진 팔다리를 맞추었다. 침을 놓기도 했다.

소저는 상처를 씻기거나 열상에 약초를 바르기도 했다.

한데 소저는 유독 눈에 띄는 행동을 했다. 허리춤에 찬 호리병의 술을 입에 머금었다가 상처에 뿜는 것이었다.

진자강의 시선을 느낀 소저가 코웃음을 치며 말했다.

"멧돼지의 뿔에는 독이 있어서 받히면 크게 덧날 수 있어. 그래서 술로 독을 중화시키는 거야."

"그렇군요."

겨우 다친 사람들을 수습하고 한숨을 돌리고 나니 어느새 저녁이 되었다. 산중의 밤이라 금세 해가 저물어 깜깜해졌다.

진자강과 운정은 본래 다른 곳에 머물 생각이어서 슬슬 일어서려 했다.

그런데 소저가 둘을 보고 말렸다.

"당신들 또 어디가."

"원시천존. 더 도울 일도 없고 하니 저희는 이만……."

"밤이 늦었어. 여기서 자고 가. 초행길인 것 같은데 여긴 저런 멧돼지가 드글드글하다고."

운정이 궁금해서 물었다.

"소저는 여기 사는 분이신가요?"

"아니. 우리도 아까 왔어. 당신들 오기 조금 전에."

운정이 어이가 없어 소저를 쳐다보았다. 하는 행동이나 말투는 완전 이곳 거주민이었다.

이미 다치지 않은 화전민들은 죽은 멧돼지를 갈라 불에 굽거나 요리를 하고 있는 중이었다. 고기 굽는 고소한 냄새가 풍겨 왔다.

화전민들이 자신들을 도운 진자강과 운정에게도 감사를 표하며 음식 대접하기를 바라고 있었다.

진자강과 운정은 일단 자리를 함께하기로 했다.

서른 명가량 되는 화전민 중에 멧돼지에 받혀 크게 다친 사람이 절반이나 되었다. 남은 이들은 멧돼지를 구우며 외부인들을 위해 밀주를 내놓고 잔치를 벌였다.

"카아! 이곳 술은 끝내주는군."

뜻밖에도 주당은 미모의 소저였다.

"도사님도 한잔해."

한잔하라고 주는데, 그 잔이 어지간한 물 대접보다 큰 사발이었다.

"……."

운정이 양손으로 들어도 거의 찰랑거릴 정도로 가득 찬 술을 들고 고민하자, 소저가 놀렸다.

"어른이 되려면 술은 마실 줄 알아야지."

"어른이거든요?"

운정이 숨을 크게 들이쉬더니 양손으로 술 사발을 들고 벌컥거리며 들이켰다.

"아하하! 이 도사 마음에 드는데? 이봐. 당신도 받아."

소저는 진자강에게도 술을 권했다.

"어차피 여기 사람들 다 죽일 생각은 아닐 거 아냐. 그게 아니면 수고했으니까 술 한 잔 정도는 개운하게 받아도 되잖아."

진자강은 천천히 사발을 받았다.

소저가 슬쩍 입꼬리를 들어 웃으며 진자강을 보고 말했다.

"생각보다 예쁘장하게 생겼네. 성격도 소문과는 달라 보이고."

진자강이 소저를 빤히 쳐다보았다. 그러나 소저는 조금도 기에 눌리지 않았다.

"내가 누군지 궁금하지? 나 삼룡사봉 중에 소봉. 당신이 죽인 영봉과 묵룡, 쾌룡은 다 내 친구들이야."

운정이 쿨럭거리며 코와 입으로 먹던 술을 내뿜었다.

"푸우웁!"

소봉 안령.

강호에서 제일가는 의가(醫家)로 알려진 안씨 가문 출신이며, 안씨 가문 최고 고수인 의선(醫仙)의 제자였다.

진자강이 삼룡사봉 중에 셋을 죽였으니 소봉 안령과는 원수지간이 되는 셈일 터였다!

하나 안령은 생글거리면서 진자강을 쳐다볼 뿐이었다.

"이유가 있었겠지. 복수할 생각은 없어. 하지만 천하의 독룡이 왜 이곳 하남까지 왔는지는 좀 궁금한데?"

진자강이 안령을 쳐다보다가 남자 쪽으로 고개를 돌렸다.

안령이 샐쭉 웃었다.

"아아, 눈앞에 예쁜 미녀가 있는데도 그쪽에 더 관심이 있는 거야? 그 친구는 방묵. 낭중령의에 속한 강호낭중이지."

남자, 방묵의 얼굴은 더욱 새하얗게 질려 버렸다.

독문 육벌은 진자강을 노리고 있었다.

하지만 나살돈과 빈의관은 오히려 진자강에게 당했다.

당연히 낭중령의에 속해 있는 방묵도 진자강을 모를 수가 없었다.

진자강은 아무런 살기를 내보이지 않았다. 그냥 방묵을 쳐다보았을 뿐이었다. 그러나 방묵은 진자강을 쳐다보지도 못하고 땀을 뻘뻘 흘렸다. 목이 타는지 손을 떨면서 술을 마셨다.

진자강은 이내 시선을 안령에게 옮겼다. 방묵을 볼 때와 달리 불편한 감정이 담겨 있었다.

"나는 누가 중간에서 수작 부리는 걸 굉장히 싫어합니다."

낭중령의와 진자강의 관계를 어느 정도 알고 있으면서도 굳이 말해 준 것에는 다른 의도가 있다고밖에 볼 수 없었다.

안령의 대답은 간단했다.

"재밌잖아."

안령은 술을 한 사발 벌컥벌컥 들이켜고는 어쩔 거냐는 듯 생글생글 웃었다. 워낙 예쁜 얼굴이라 어이없는 말을 하는 데도 밉상은 아니었다. 하나 진자강의 표정은 더 굳었다.

"표정 딱딱하네. 여기 어린 도사님보다 더 진지하다니."

"사람 죽는 게 재밌습니까?"

"아아, 죽일 생각이었나 보지?"

대화는 진자강과 안령이 하는데 얼굴이 썩어 들어가는 건 방묵이었다.

분위기가 심상치 않은 느낌이 들자 함께 있던 화전민들은 슬금슬금 자리를 비켰다.

진자강이 안령에게 경고했다.

"장난하지 마십시오."

"실망인걸. 이게 장난으로 보인다면 당신은 아직 이 강호에 설 준비가 안 됐어."

안령은 여전히 웃음기를 지우지 않았지만, 아까보다 목소리가 가라앉았다.

"온갖 멍청이들이 들끓는 이 강호에서 통용되는 단 하나의 법칙. 무(武)로써 협(俠)을 행한다. 몰라?"

"이제껏 협을 본 적이 없습니다만."

안령이 진자강에게 물었다.

"그럼 당신은 뭐지?"

진자강의 눈이 가늘어졌다. 안령이 말을 이었다.

"당신은 약문 출신이고, 독문은 과거에 약문을 멸문시킨 적이 있지. 그래서 지금껏 복수를 하겠다고 온 중원을 들쑤신 것 아니었나? 무림총연맹까지 적으로 돌리면서?"

틀린 말은 아니었다.

운정이 딸꾹질을 하면서 감탄했다.

"우와! 살면서 독룡 도우를 말로 누르는 사람은 처음 보네요. 맞아요. 인과응보(因果應報)! 강호에서 사문과 혈육을 잃고도 복수하지 않는 자는 군자라 할 수 없다! 어? 그렇게 따지면 독룡 도우가…… 응, 저렇게 사람 막 죽이는 도우가 협객이고 군자라는 건 좀 이상한데요."

사람을 막 죽인다는 말에 방묵은 어깨를 움츠렸고 안령

은 살짝 미소를 지으며 말했다.

"복수는 강호의 어떤 대의보다도 앞설 수 있는 유일한 명분이야. 우리는 칼끝에 목숨을 두고 사는 자들로서 타인의 혈채(血債)를 존중해야 할 필요가 있지. 혈채를 피해서도 안 되고, 타인의 혈채에 함부로 끼어들어서도 안 된다."

안령이 진자강을 똑바로 쳐다보며 말했다.

"그러니까 나는 당신의 복수를 존중해. 이룡일봉이 당신의 혈채에 끼어들었다면 목숨으로 대가를 치르는 게 옳아."

기에 눌려 있던 방묵이 용기를 내어 입을 열었다.

"후…… 안령 소저의 말이 맞습니다. 강호인으로서 혈채를 무시할 수는 없겠죠. 하지만 대놓고 부추기는 건 너무했습니다. 보름이 넘도록 동행하면서 함께 마신 술이 몇 동입니까."

안령이 방묵의 등을 탕탕 쳤다.

"걱정하지 마. 당신이 죽으면 혈채는 내가 꼭 받아 줄 테니까!"

방묵이 머금고 있던 술을 뿜으며 기침했다.

"쿨럭쿨럭."

운정이 의아하다는 듯 물었다.

"저기, 친구라는 이룡일봉의 복수는 안 하시고요?"

안령은 목소리를 낮추고 진지하게 말했다.

"사실 도사님에게만 하는 말인데…… 걔들하고 별로 안 친해. 애들이 고지식해서 술을 안 좋아하거든. 차라리 여기 방 형이 훨씬 가깝다고 볼 수 있지. 아주 좋은 술벗이었어."

방묵이 얼굴을 일그러뜨리고 항변하듯 말했다.

"다 들립니다. 저 아직 안 죽었고요! 이미 죽은 것처럼 말하지 않았으면 좋겠습니다!"

나이는 방묵이 훨씬 많은데 안령의 기에 눌려서 오히려 말은 방묵이 높이고 있었다.

안령이 술잔을 들고 외쳤다.

"주육붕우(酒肉朋友)라! 어려움은 함께하지 않고 오직 같이 어울리기만 하는 술친구를 주육붕우라 한다지만, 내게는 주육붕우인 술친구만이 나를 알아주는 지기지우(知己之友)이며, 오직 가깝다고 말할 수 있는 집우(執友)인지라! 꿀꺽꿀꺽."

집우는 두보의 시에서 나온 말로 뜻을 같이하는 친한 친구라는 뜻이다.

술벗만이 진짜 친구라 말할 정도로 술을 좋아하는 것이다.

안령은 벌써 사발로 된 술잔을 몇 번이나 비운 채였다.

운정이 그제야 알겠다는 듯 고개를 끄덕였다.

"왜 불타는 봉황이라는 뜻으로 소봉이라 부르나 했더니…… 과연……."

방묵이 씁쓸하게 웃으며 말했다.

"성격이 아주 화끈하지요. 불타는 것처럼. 물론 주량은 그보다도 더 화끈하고 말입니다. 외모만 보고 속으면 안 됩니다."

안령이 정색하고 말했다.

"이건 내 탓이 아니라 사부님 때문, 아니 좀 더 깊숙이 따져 보면 명백한 집안 내력이라고. 의원이 왜 의원인 줄 알아?"

안령이 진자강과 운정, 방묵을 차례로 쳐다보며 말했다.

"의(醫)라는 글자에는 술을 담는 단지를 나타내는 유(酉) 자가 붙어 있어. 아주 예전부터 환자에게 끓인 술을 먹이거나 환부에 술을 뿌려 병을 고쳐 온 때문이지. 그러니까 우리 안씨 의가는 술과 떼려야 뗄 수 없는 사이란 말씀!"

"의선도 그렇게 생각하실까요."

"우리 할아버지? 할아버지도 사실은 굉장한 주당이야. 취해서 인사불성이 된 걸 본 적은 한 번도 없지만."

안령이 다시 술을 따르면서 술잔을 들고 진자강을 쳐다보았다.

"그러니까, 자! 어쩔 거야?"

진자강이 되물었다.

"뭘 말입니까."

"이 자리에서 혈채를 받겠다면 상관하지 않겠어. 그러나 당신이 방 형을 죽인다면 나는 당신에게 방 형의 혈채를 받아 내야겠지."

말투는 여유롭고 밝았으나 그 안의 내용은 전혀 상반되었다. 오히려 협박에 가까웠다.

이미 독문 육벌이 진자강을 제거하기 위해 움직였으므로 진자강과 낭중령의도 원수지간이다. 한데 진자강이 방묵을 건드리기 전에 안령이 미리 선수를 쳐서 막아선 것이다.

운정은 저런 식으로도 상대를 압박할 수 있다는 사실에 놀랐다.

진자강이 조소했다.

"이제 보니 이간질을 하려고 한 게 아니었군요. 나를 협박하는 겁니까?"

진자강은 살기로 대꾸했다. 정제되지 않은 거친 살기가 서서히 주변으로 뻗어 나갔다.

타닥, 타닥.

멧돼지를 굽던 장작불의 불티가 유독 심하게 안령의 방향으로 튀었다.

술을 마셔서 발그레해진 뺨과 불꽃이 비치는 안령의 눈이 살짝 호선을 그리며 눈웃음을 지었다.

"살기, 멋지네."

사내라면 누구나 혹할 만한 미모였으나, 진자강의 살기는 더 짙어질 뿐이었다.

안령은 투기로 진자강의 살기를 맞받았다.

화르르륵!

안령 쪽에 가까운 장작불이 크게 불타올랐다. 마치 장작불이 둘로 나뉜 것처럼, 진자강에게서 안령 쪽으로 향하던 불길이 불의 벽에 막혔다. 장작불은 한데 있는데, 불은 둘이 얽히어 소용돌이를 그리며 위로 치솟았다.

불이 거세져서 멧돼지의 다리 부위에 시꺼멓게 그을음이 달라붙었다.

진자강의 살기와 안령의 투기가 부딪쳐서 점점 더 불길이 강해졌다.

화르르르르!

아니, 멧돼지가 타면서 새까만 연기를 피워 내기 시작했다.

운정과 방묵은 서로 눈치를 보았다. 특히나 방묵은 안절부절못하다가 결국 나섰다.

"나 때문에 그럴 필요 없습니다!"

순간 안령이 손을 휘저었다.

확!

단번에 타오르던 거대한 불길이 꺼졌다. 안령의 내공이 생각 이상임을 보여 주는 한 수였다.

방묵이 마른침을 꿀꺽 삼키고 진자강을 향해 말했다.

"독룡. 그대가 혈채를 받으러 왔다면 응하겠습니다. 하나 그게 아니라 다른 것을 원한다면…… 아직 대화의 여지가 있다고 한다면, 내가 최대한 영수님을 설득해 보겠습니다. 나는 우리 동문의 형제들이 죽거나 다치는 걸 원하지 않습니다."

진자강은 빤히 방묵을 보았다.

이런 식으로 일이 진행될 거라고는 생각해 보지 못했다.

"내가 당신을 어떻게 믿겠습니까?"

방묵이 힘주어 말했다.

"우리는 강호낭중입니다. 본래부터 강호의 일에 관심 없이 약을 팔고 의술을 펼치며 살아왔습니다. 낭중령의에 속해 있는 대부분은 싸움에 관심이 없는 평범한 떠돌이 의원들입니다."

진자강이 차갑게 물었다.

"그런데 왜 약문을 배신했습니까."

"그것은…… 드릴 말씀이 없습니다. 약문과 독문의 싸움에 휘말려 피해를 입을 것을 우려한 영수님께선…… 약문이 독문을 이길 수 없다 판단하고 빠르게 투항할 것을 결단하셨습니다. 내부에서도 반발이 있었지만 우리가 살기 위해 어쩔 수 없이……."

방묵이 손을 내저으며 말했다.

"하지만 결단코 약문의 형제들에게 악독한 짓은 안 했습니다. 제일 먼저 투항한 대신 아무것도 하지 않겠다고 약속을 받았다 합니다. 그래서 우리는 싸움이 끝날 때까지 지켜만 보고 있었……… 습니다."

이미 약문에서 돌아선 것만으로, 또한 지켜만 보고 있었다는 것 자체도 배신한 것임에는 변함이 없는 일이다. 방묵도 변명하다가 그것을 느꼈는지 목소리가 작아졌다.

안령이 말했다.

"내가, 아니 우리 안씨 의가에서 보증하지. 방 형의 말은 거짓이 아냐. 우리 가문은 오랫동안 낭중령의와 의술을 매개로 교류를 해 왔어. 누구보다도 낭중령의에 대해 잘 안다고 자부해."

"웃기는 말이군요. 나는 당신도 오늘 처음 보았습니다."

"뭐야. 천하의 독룡이 고작 만난 시간으로 사람을 평가하는 거야? 당신 그 정도밖에 안 돼?"

안령이 방묵의 머리를 잡아 진자강의 앞에 두고 방묵의 눈을 벌렸다.

"아, 안령 소저! 뭐, 뭐 하는 겁니까."

"눈을 봐. 눈을. 여기 방 형의 눈을."

평범한 눈. 하지만 눈빛은 매우 선량했다. 절대로 거짓말을 하거나 순간의 위기를 모면하려 아무 말이나 변명처럼 늘어놓는 자의 눈빛은 아니다.

안령은 술에 취해 뺨이 벌게진 채로 씩씩댔다.

"방 형이 설득에 실패할 수도 있어. 방 형은 양심적이지만 낭중령의는 아닐 수도 있어. 하지만 이런 사람이 자신의 진심을 걸고 뭔가를 해 보겠다고 하면 한 번은 믿어 줘야 하지 않아? 당신은 그런 적 없었어? 누군가가 믿어 주기를 바라는 마음 같은 거!"

없지 않았다.

열 살, 백화절곡에서 참사가 있던 해에 진자강은 무림총연맹 운남지부를 찾아갔다.

누군가 자신의 말을 믿어 주기를 바라면서.

비록 그런 일은 벌어지지 않았지만.

진자강이 안령에게 물었다.

"당신은 왜 이 사람을 그렇게 도우려 합니까?"

"이 살벌한 강호에서 믿을 만한 술친구 한 명이 얼마나 귀한지 모르는군. 나는 여기 한 명의 술친구를 위해서 목숨을 걸 수 있어. 당신은?"

진자강은 대답하지 않았다.

안령이 말을 이었다.

"독룡. 스스로 어떻게 생각하는지 모르지만, 당신은 이미 거물이야. 나살돈과 빈의관을 치고 왔지. 당신이 뜨면 결과엔 상관없이 낭중령의는 큰 피해를 입어. 낭중령의로서도 당신의 제안을 거절하기는 힘들 거야."

"내게 위험을 감수하란 말입니까?"

"그게 어때서. 낭중령의라고 당신을 믿기가 쉬울 것 같아? 위험을 감수해야 하는 건 그쪽도 마찬가지야."

안령이 진자강을 노려보듯 응시하며 말했다.

"피를 보지 않기 위해선 그 정도의 위험을 감수하지 않으면 안 돼. 배신과 칼부림이 난무하는 강호에서 사람 냄새를 맡으려면 그만한 각오를 해야 한다고."

진자강은 안령의 말에 신선한 느낌을 받았다.

무자비한 살의와 광기만이 가득한 강호에서 사람 냄새를 찾아다니는 여인이라니.

이 무슨 낙천적인 생각이란 말인가?

안령은 말을 하다가 술기운이 더 오른 듯 방묵의 눈을 더 벌리면서 소리를 높였다.

"당신쯤 되는 사람이면 이제 위험 좀 감수해도 되잖아! 이런 시대에도 신의가 남아 있는지 궁금하지 않아?"

"으아악, 아, 안령 소저! 저 눈 찢어져요!"

방묵이 비명을 지르자 안령이 깜짝 놀라면서 방묵을 놓아주었다.

"으응? 미안. 흥분했네."

"아우우, 됐어요. 안령 소저가 괜히 소봉인 걸 모르는 바 아니니까."

운정도 안령의 말에 설득되었는지 진자강을 애원하는 눈으로 보았다.

"독룡 도우…… 외람된 말이지만, 마을 사람들을 도울 때 이 두 분은 진심으로 보였습니다. 한 번쯤…… 믿어 보면 어떨까요? 싸우지 않고, 사람들이 다치지 않고 문제를 해결할 수 있다면 그것도 좋을 것 같습니다."

방묵을 믿어야 하는가.

진자강은 깊이 생각에 잠겼다.

방묵의 간절한 눈빛을 보면서 진자강은 무언가 바뀐 기분을 느꼈다.

이것은 단순히 방묵을 믿느냐 아니냐의 문제가 아니었다.

진자강 본인에 대한 문제였다.

진자강은 이제껏 자신에게 쏟아진 오해와 싸워 왔다. 타인에게 자신의 결백을 이해시키고 복수의 정당성에 대해 설득해야 했다.

그러나 이제는 반대의 입장이 되었다.

누군가에게 믿어 달라고 부탁하는 입장이 아니라, 누군가를 믿어 주어야 하는 입장이 되었다. 누군가의 간절함을, 손해가 될 수도 있음에도 그것을 감수하며 믿어야 할지 말아야 할지를 결정해야 한다.

예전 자신이 그랬던 것처럼.

"낭중령의는 믿지 않아도 이 사람은 믿어 보라…… 그렇게 이해해도 되겠습니까."

"왜. 밑져야 본전이잖아."

"본전이라면 아무 거리낌 없이 해 볼 겁니다. 하지만……."

진자강이 무어라 말하려고 입을 여니, 안령이 손가락을 내밀어 진자강의 입술을 막았다.

"세상이 각박하다는 둥, 사소한 일 하나 때문에 대사를 망칠 수 있다는 둥 그런 소리 할 거면 그냥 입 닥치고 꺼져. 자신이 손해 보고 상처 입을까 봐 변명하는 겁쟁이는 수도 없이 만나봤으니까."

운정과 방묵이 놀라서 흠칫했다.

'아앗! 독룡의 입술에 손가락을!'

진자강의 눈이 일그러졌다. 운정과 방묵은 긴장했다. 안령은 여전히 어쩔 거냐는 투로 진자강을 내려다보고 있었다.

그 순간 진자강이 안령의 손가락을 꽉 깨물었다.

"악!"

안령이 놀라서 손가락을 떼었다. 손톱 뿌리 쪽에 이가 깊이 찍혀 피가 흘렀다. 진자강은 조금도 사정을 보지 않고 강하게 물었던 것이다.

안령은 어이없는 눈으로 진자강을 쳐다보았다.

"아니, 뭐 이런 미친 사람이 다 있어?"

진자강이 당연하다는 듯 대꾸했다.

"그만한 각오도 없이 남의 입을 막았습니까?"

"뭐어?"

운정이 웃으려다가 자기 입을 손으로 틀어막았다.

역시나 진자강이었다.

"독은 없습니다."

진자강은 살짝 피가 섞인 침을 뱉고선 방묵에게로 시선을 돌렸다.

"내일 저녁. 낭중령의의 장원을 방문하겠습니다. 그때에 내가 필요한 것을 얻게 된다면, 그대로 떠나겠습니다."

방묵이 반색했다.

"고맙습니다! 제가 반드시 영수님을 설득하겠습니다. 믿어 주셔서 감사합니다."

방묵은 자리에 더 있기도 불편했기에 바로 일어섰다.

"그럼 먼저 가 보겠습니다."

방묵이 안령에게도 포권하여 감사를 표했다.

"고맙습니다, 안령 소저."

"괜찮으니까 술이나 잔뜩 준비해 둬. 내가 방 형을 보증했으니까. 잘되면 축하주로! 안되면 벌주로!"

"하하, 그야 당연하지요."

방묵은 몇 번이나 고개를 끄덕이더니 곧 자리를 수습하고 떠났다.

진자강도 자리에 미련 없이 일어서서 화전민들이 마련해 준 숙소로 가 버렸다.

"아유, 아파."

안령은 피가 나는 손가락을 쪽쪽 빨면서 사나운 눈으로 진자강의 뒷모습을 째려보았다.

*　　　*　　　*

"대화원(大和院)은 이쪽으로 가면 있어. 오늘 저녁이면 도착할 수 있을 거야. 술 한잔하기 딱 좋은 시간에 도착하겠네."

대화원은 낭중령의가 있는 장원으로 주마점에서도 꽤 깊은 곳에 자리해 있었다.

"알겠습니다."

진자강이 앞서서 가 버리니 안령은 또 심통이 났다.

벌써 오전 내내 별 대화도 없이 왔기 때문에 심심하기도 했고, 기분도 나빴다.

안령이 운정에게 하소연하듯 말했다.

"아니, 저 사람 왜 저래? 원래 저리 말이 없나?"

"독룡 도우는 원래 낯을 좀 가려요."

"독룡이 낯을 가린다고?"

안령이 운정의 앞에 붕대를 감은 손가락을 보여 주었다.

"보통 낯가리는 사람이 막 처음 본 사람 물고 그러진 않잖아."

"낯가리니까 그런 거예요. 안 친한데 손가락 내밀고 그러니까 깜짝 놀라서."

안령이 운정을 묘한 눈으로 보았다.

"도사님이 그런 얘기를 하니까 이상하게 믿음이 가네."

"그런 얘기 많이 듣습니다. 원시천존."

"그래도 뭐, 이왕 함께 가는 길 이런저런 얘기도 하고 그러면 좋잖아. 혼자 떨어져서 저럴 필요가 뭐 있어."

"좀 친해지면 나름대로 속에 있는 얘기도 하고 그러는

편입니다."

"난 궁금한 게 많아. 독룡을 실제로 본 건 처음이고, 들은 소문과는 전혀 다른 느낌이라서 이상하거든."

"대부분 그런 얘기들을 합니다. 직접 보니 소문과 다르다고. 소저도 독룡 도우가 살인에 미친 살인귀라고 들으셨죠?"

"맞아. 그래서 반쯤 미친 사람처럼 생각하고 있었지. 이렇게 차분하고 냉정한 성격인 줄은 전혀 예상하지 못했어."

"겉모습만 보면 사람 몇은 눈 하나 깜박 안 하고 죽일 것처럼 보이죠. 하지만 사실을 알고 보면……."

"사실을 알고 보면?"

"역시나 사람을 눈 하나 깜박 안 하고 죽인다는 걸 알 수 있죠."

흠칫.

안령이 헷갈려 했다.

"소문이 다른 게 아닌 것 같은데?"

"그러니까요. 느낌만 다르지 실제론 소문과 별반 다르진 않다고요."

앞서가던 진자강이 걸음을 멈췄다. 그러더니 뒤를 돌아보며 말했다.

"나에 대한 소문이 이상하게 나는 원인 중에 하나는 분명 운정 도사 때문인 것 같습니다."

"에이, 그럴 리가요. 저는 있는 사실만 말합니다. 예를 들면, 독룡 도우는 무림인에겐 냉혹한 살인귀지만 일반인에겐 가급적⋯⋯."

운정은 원래 배에서 상인들을 챙겼다는 말을 하려다가 문득 지난번 황학루에서 진자강이 죽인 여인이 생각났다.

운정은 하려던 말을 삼켰다.

"제가 하려던 말은 잊어주세요."

안령의 얼굴이 일그러졌다.

"뒷말을 안 하니까 더 무섭잖아!"

안령은 운정에게 말 걸기를 포기하고 진자강을 주시했다.

절룩절룩.

진자강은 다리를 조금씩 절면서 걷고 있는데도 꽤 걸음이 빨랐다.

그런데 그냥 생각 없이 걷는 게 아니라 주변을 끊임없이 탐색하고 있었다. 간혹 길가로 빠져서 뭔가를 들여다보기도 하고, 언덕이나 모퉁이가 있으면 멀리를 내다보며 바람으로 냄새를 맡기도 했다. 진흙탕이나 젖은 흙이 있으면 잠깐 무릎을 꿇고 앉아서 살펴도 보았다.

"뭐 해?"

"……."

"뭐 하시냐고."

"……."

진자강이 계속 대답을 않자 안령이 잠깐 고민하며 말을
고르다가 물었다.

"저기요, 뭐 하세요?"

"길에 남은 흔적을 보고 있습니다."

안령은 충격을 받았다.

"뭐야!"

안령이 다시 공손하게 물어보았다.

"흔적이 뭔데요?"

"경공을 사용한 듯한 발자국인데, 처음 보는 형태군요."

아까와는 사뭇 다른 친절한 대답이었다.

안령은 충격에서 헤어나지 못했다.

안령이 운정에게 믿을 수 없다는 듯 물었다.

"여태까지 나 무시하고 대답도 안 하고 그랬던 게 설
마…… 설마……."

운정이 고개를 끄덕였다.

"낯가립니다."

"그게 아니고! 지금은 물어보면 물어보는 대로 잘 대답
해 주잖아!"

"원래 물어보면 대답 잘 해 줍니다."

안령이 의심의 눈초리로 운정을 보았다.

"그냥은 아니고 경어를 써야 답해 주는 거 같은데?"

"아아, 네. 맞습니다. 무례한 사람을 싫어하는 편이에요. 저번에 소림사 스님들하고 물어보기만 하면서 싸운 적도 있어요. 둘 다 대답 하나도 안 하고요."

"와……."

안령은 입을 벌리고 진자강을 쳐다보았다.

"진짜 뭐라고 할 말이 없네."

진자강은 안령이 뭐라고 말하든 신경 쓰지 않고 계속 걸어가며 바닥을 살폈다. 그러다가 아예 한 자리에 서서 땅바닥을 보는 것이었다.

안령이 인상을 쓰고 진자강의 곁으로 걸어갔다.

"궁금해 죽겠네. 뭔지 같이 알기나 합시다. 도대체 무슨 자국인데 그래요?"

운정도 함께 가서 진자강이 찾아낸 자국을 보았다.

앞서 진자강이 말했듯 발자국이었다. 오른발의 발자국 하나만이 떡하니 찍혀 있었다.

그런데 발자국이 굉장히 뚜렷했다. 거의 반 뼘가량 뒤꿈치가 바닥을 파고 들어가 있었고, 앞꿈치는 그보다 더 깊은 자국을 냈다.

진자강이 말했다.

"일전에 운정 도사에게 들은 바로, 경공은 앞꿈치만을 이용해서 가볍게 달린다고 들었습니다. 그런데 이 발자국은 온전히 전체가 남아 있군요."

진자강은 뒤쪽을 가리켰다.

"일정한 간격으로 왼 발자국과 오른 발자국이 나 있습니다. 아까부터 확인했는데 한 걸음의 너비가 이 장이 넘습니다."

안령이 잠깐 생각하다가 대답했다.

"경공은 몸을 가볍게 만드는 것이 관건이지만, 속도를 얻기 위해서 발돋움을 할 때만큼은 어느 정도 강하게 디뎌야 할 필요가 있지. 그래서 어쨌든 발자취나 흔적이 남을 수밖에 없는 거고, 추적술은 그 흔적을 이용하는 거야."

"그렇군요. 하지만 이 발자국들은 너무 드러나 있습니다."

"내공을 아껴 먼 거리를 가는 것보다 속도가 더 중요하다거나 딱히 은밀한 보행을 할 필요가 없는 경우에 그런 경공술을 펼치기도 하지. 특히나 몇몇 문파들은 일부러 보란 듯 그런 흔적을 남기는 경우가 있어. 과시하듯이."

진자강이 바닥에서 옆쪽까지 살피며 물었다.

"어떤 문파들입니까?"

"으응…… 굳이 예를 들자면 아까 얘기했던 소림사? 소림사는 특히 족적을 숨기지 않기로 유명하지. 그래서 오히려 소림사의 족적을 보면 피해 가기도 한다던가."

운정이 말을 더했다.

"맞아요. 기억나네요. 대력신정(大力神釘)이라고 해요. 그 경공을 쓰면 못을 박듯이 발자국이 찍힌다고 해서."

진자강이 바닥의 족적에서 풀의 싹을 집어냈다. 밟혀서 짓눌린 새싹이었다.

새싹을 문질러 진액을 확인한 진자강이 말했다.

"발자국은 모두 세 개. 좌우로 둘이 더 있고 지나간 건 적어도 이 각 정도 전입니다."

"어라? 혹시 셋이라면……."

"우리가 오면서 만났던 금란가사와 회색 승복의 둘. 세 명의 소림승입니다."

안령이 고개를 갸웃했다.

"금란가사라면 소림사의 금강승이야. 회색 승복을 입었는데 흰 허리띠를 하고, 반으로 뚝 잘린 것 같은 대계도(大戒刀)를 차고 있으면 금강승을 보좌하는 나한승일걸."

운정도 의아해했다.

"이쪽은 소림사로 돌아가는 길이 아닌데 왜 여기로 갔을까요?"

진자강이 앞쪽을 내다보며 물었다.

"우리가 여기에 오기 전에 그들을 만나서 뭐라고 말했습니까."

"그야 범몽 스님의 유언을 전했었죠. 맹주는 죽고 독문은……."

말을 하던 운정의 얼굴이 하얗게 질렸다.

"으아아아! 설마?"

안령이 놀라서 끼어들었다.

"아니, 맹주님이 죽다니? 그게 무슨 말이야?"

진자강이 이를 꾹 깨물고 말했다.

"아무래도 서둘러야겠습니다."

第六章

혈채

　세 사람은 급하게 길을 재촉했다.

　남은 게 반나절 거리였으니 서두른다면 한 시진 안에는 도착할 수 있었다.

　"여기부터 주마점이야. 대화원으로 가는 입구는 저 골목 뒤로 있어."

　주마점 초입에 있는 마을.

　집과 담으로 이루어진 뒤쪽으로 산길이 나 있었다. 새싹이 나기 시작한 나뭇가지들이 울창하게 뒤덮은 집 뒤편의 작은 산길이었다. 집 뒤로 돌아와 보기 전까지는 길이 있는 지조차 알 수 없어 무심코 지나갈 만한 곳이었다.

일행은 안령의 안내에 따라 산길로 들어섰다.

한 명이 겨우 지날 정도의 좁은 산길을 일다경쯤 계속해서 오르자 넓게 탁 트인 길이 나왔다. 산비탈을 따라 인위적으로 만들어진 큰길이었다.

좌측으로는 절벽이고 오른쪽으로는 수직에 가까운 산비탈을 끼고 있었다.

"와…… 안쪽에 이렇게 넓은 길이 있었네요."

운정이 감탄했지만 진자강이나 안령이 대꾸를 할 만한 때가 아니었다.

진자강은 바닥을 살폈다.

나뭇가지가 우거져 그늘진 습한 산길을 지나온 탓에 바닥에는 젖은 흙들이 떨어져 있었다. 그러나 거기에서부터는 예의 대력신정을 사용한 발자국이 없었다.

고강한 무공을 가진 소림승들이 절벽 때문에 위험해서 경공을 쓰지 않았다는 건 이상한 일이다. 산길을 나왔으면 당연히 달렸어야 했다.

그렇다고 걸어간 것도 아니다. 아예 이후부터는 발자국이 남아 있지 않았다.

"흔적이 끊겨 있습니다."

안령이 비탈 쪽으로 가더니 위를 살폈다.

"벽호공이다."

비탈의 바위 곳곳에 손가락이 박힌 듯한 구멍들이 나 있었다.

"시간을 단축하기 위해 비탈을 올랐군요."

진자강이 사용하는 포룡박도 본래는 나무와 절벽을 오르는 수법이다. 하나 벽호공처럼 손가락으로 바위를 뚫을 정도는 되지 못했다.

진자강은 비탈에 난 나무뿌리와 바위틈을 짚고 올라갈수 있는지를 확인해 보았다. 그러다가 위를 빤히 쳐다보기 시작했다.

안령이 물었다.

"이쪽으로 올라가려고?"

"아뇨. 못 갑니다."

진자강이 위를 보며 말했다.

"누군가 지키고 있습니다."

안령과 운정이 깜짝 놀라 위를 쳐다보았다. 누군가와 눈이 마주쳤다.

깎아지른 듯한 비탈의 십여 장 위쪽, 툭 튀어나온 바위 위에서 소림승이 호랑이처럼 부릅뜬 눈으로 내려다보고 있었다.

회색 승복의 소림 나한승이다.

나한승이 입을 열었다.

소림의 행사에 방해는 용납하지 못한다! 온 길로 되돌아가라!

우르르릉!

내공이 담겨 있어서 산이 울리는 듯, 우레와도 같은 소리가 났다.

산비탈과 절벽의 양쪽에서 작은 돌멩이들이 달그락거리며 떨어졌다.

운정과 안령은 긴장한 안색으로 위를 올려다보았다.

운정은 소림승들을 원래부터 무서워했고 안령은 소림사라는 이름이 주는 무게를 다소 걱정하는 듯싶었다.

진자강이 먼저 입을 열었다.

"우리 본 적 있지 않습니까?"

나한승은 대답하지 않았다. 다시 돌아가라는 말만 반복했을 따름이었다.

안령이 진자강에게 물었다.

"어쩔 거야? 소림사의 일을 방해하면 어떻게 되는지는 알고 있지?"

"어떻게 됩니까?"

"보통은 나중에 소림사의 고승이 방해한 자의 소속 문파나 조직을 방문하지."

운정이 솔깃해하며 안령의 말을 귀 기울여 들었다.

"그래서요?"

"여차여차 이런 일이 있었다, 너희의 입장은 어떠냐, 물어보고 상대의 해명을 듣지. 몇 날 며칠이 걸리더라도 모든 얘기를 다 듣고 시시비비를 가려."

운정이 살짝 안도의 한숨을 내쉬었다.

"몇 날 며칠까지는 좀 그렇지만, 그래도 생각보다 평범한 해결 방식인데요?"

"해명을 거부하거나 해명이 사리에 어긋나거나, 혹은 시시비비를 가린 후에도 상대가 사과하지 않으면 그 자리에서 설교를 시작하지."

"설교를요?"

"몇 날 며칠을."

"흐악, 설교를 몇 날 며칠이나!"

운정이 치를 떨었다. 자기도 모르게 복천 도장에게 설교 들은 일이 떠오른 모양이었다.

"으으, 그래도 그 정도면 어느 정도는 평화적인 편이네요."

"아닐걸. 설교가 끝나면 문주를 두들겨 패서 끌고 가거든."

"……."

"초주검이 된 문주를 소림사로 데려가 강제로 삭발시키고 참회동에 가둬."

"……!"

운정은 소름이 돋는 듯 어깨를 움츠렸다.

진자강이 위쪽의 나한승과 눈을 계속 마주친 채로 안령에게 물었다.

"섭수종과 절복중이 하는 방식이 다르다고 들었습니다. 지금 말한 게 절복종의 방식입니까?"

"아니, 섭수종."

"절복종의 방식은 어떻습니까?"

"방해하는 자가 있으면 그 자리에서 성불시키지."

"저 나한승이 버티고 있는 이상, 그냥은 지나갈 수 없다는 뜻이군요."

"우리가 경고를 무시하고 산비탈로 오르든 그냥 길로 가든, 지나가려고 하면 그 즉시 손을 쓸 거야."

진자강이 잠시 생각하더니 위를 향해 손끝을 까딱거렸다.

"내려오십시오."

나한승의 굵은 눈썹이 살짝 꿈틀거렸다. 그러나 나한승은 움직이지 않았다.

"부동심이 대단하군요."

"말했잖아. 우리가 지나가려고 하면 그때 움직일 거라고."

그 말에 진자강이 위쪽을 계속 주시하며 그대로 비탈을 끼고 나 있는 길을 걸어가려 했다.

나한승이 갑자기 위에서 기합을 질렀다.

"으으으으오!"

나한승은 자신의 옆에 있는 나무를 껴안았다. 태양혈이 불룩해지며 머리통에 울룩거리는 핏줄이 튀어나왔다.

우두두두!

나한승이 옆에 있는 나무를 뿌리째 뽑아 들었다. 자신의 키보다 몇 배나 크고 양손으로 둘레를 에워쌀 수도 없는 굵은 소나무였다.

나한승은 그것을 머리 위로 치켜들었다가 아래로 던졌다.

쿠우웅!

진자강의 앞길이 가로막혔다.

그뿐 아니라 사람보다 큰 바위까지 밀어서 떨어뜨렸다. 굉장한 힘이었다.

쿵! 쿠웅! 쿵!

계속해서 나무와 바위를 던지는 바람에 진자강의 앞길이 순식간에 막히고 말았다.

진자강은 위를 빤히 쳐다보았다.

나한승이 굵은 나무 기둥을 든 채 외쳤다.

"돌아가라!"

섣불리 막힌 길을 뚫고 가려고 하면 또다시 위에서 나무와 돌을 내던질 것이다.

진자강이 운정에게 말했다.

"산비탈을 뛰어 올라가서 저 나한승을 지나갈 수 있겠습니까?"

운정이 기겁했다.

"뭐 하려요!"

"내려오라고 했더니 안 내려오고 길을 막잖습니까."

운정이 위를 향해 소리쳤다.

"저기요! 잠깐 내려오지 않으시겠습니까!"

나한승이 무서운 표정으로 운정을 노려보았다.

운정이 투덜댔다.

"싫으면 관두지 왜 그렇게 무섭게 보세요."

"지나가지 못할 것 같으면 다시 내려와도 됩니다."

"하아……."

어차피 나한승을 유인하는 역할이다. 진자강의 경공이 뛰어나지 못함을 아는 운정은 어쩔 수 없이 도약을 준비했다.

산비탈이 가파르긴 하지만 운정의 경공이라면 어느 정도

오를 수 있었다. 문제는 나한승이다.

운정은 몇 번이나 호흡을 가다듬다가 힘껏 뛰어 산비탈을 오르기 시작했다.

탁! 탁!

발로 걷어차며 반발을 이용해 한 번에 일 장씩 쭉쭉 위로 올랐다. 산비탈 중간에 비스듬히 나 있는 나무를 이용해 더 편하게 오를 수 있었다.

위에서 지켜보고 있던 나한승이 나무 기둥을 던졌다.

운정은 몸이 가벼워서 곧바로 옆으로 움직여 나무 기둥을 피했다.

나한승이 주먹으로 자신이 선 바닥을 쳤다. 바닥이 부서지며 흙과 돌이 마구 굴러떨어졌다. 운정은 손을 들어 눈을 가리고 다시 옆으로 뛰어 피했다. 그러곤 바로 발을 찍어서 단숨에 위로 올라가 나한승을 돌파하려 했다.

나한승도 옆으로 움직여 운정의 앞으로 가로막았다. 나한승이 눈을 부라리며 주먹을 쥐었다.

꿀꺽.

운정은 마른침을 삼켰다. 차마 더 올라가지 못하고 천근추로 발을 무겁게 만들어 밑으로 내려왔다. 중간에 듬성듬성하게 난 나무를 밟고 다시 좌우로 움직이면서 오를 만한 길을 모색했지만 나한승을 피해 올라갈 수는 없었다.

"전 안 되겠어요!"

운정의 말에 진자강이 대답했다.

"그 정도면 됐습니다. 내려가 계십시오."

그런데 진자강의 대답은 운정의 바로 발밑에서 들려왔다. 운정은 놀라서 하마터면 떨어질 뻔했다. 진자강이 산비탈을 기어 올라오고 있었던 것이다.

진자강은 운정이 밟고 있는 나무 옆쪽에 튀어나온 돌을 잡고 올라서더니, 그대로 산비탈을 평지처럼 뛰어오르기 시작했다.

타다닷!

나한승이 눈을 시퍼렇게 뜨고 주먹을 모았다. 진자강이 나한승의 일 장여 앞까지 뛰어오른 후 양팔을 가슴 앞에서 교차시켰다.

차라락. 손가락 사이에서 독침이 날을 세우며 튀어나왔다.

진자강은 몸을 날려 공중에 떠올랐다. 나한승과 진자강은 거의 동등한 눈높이로 마주 보게 되었다.

진자강이 공중에서 양팔을 힘껏 좌우로 펼쳤다.

쉬이이익!

열 자루의 독침이 나한승을 향해 날아들었다. 나한승이 이를 드러내며 몸을 웅크리고 양 팔뚝으로 머리를 가렸다.

"크아압!"

회색의 승복이 팽팽하게 부풀어 오르며 철포삼이 깃들었다. 철포삼에 부딪친 독침은 허무할 정도로 쉽게 튕겨 났다.

진자강은 독침을 던진 후 아래로 추락했다. 동시에 왼쪽 손목을 흔들어 탈혼사의 고리를 분리시키며 고리를 잡고 던졌다.

백사다. 백사의 고리가 길게 날아 나한승의 다리를 노렸다. 나한승이 발을 들어 백사를 피했다. 그러나 백사의 고리는 그보다 좀 더 올라가 나한승의 뒤쪽에 자란 나무를 휘감았다.

진자강은 떨어지고 있다가 백사가 나무에 고정되자 고리를 당겨서 다시 위로 솟구쳤다. 나한승이 떠오른 진자강의 가슴에 쌍권을 뻗었다. 진자강은 양 발바닥의 장심에 내공을 모아 주먹을 받아 냈다.

퍼펑! 발바닥과 권이 연속으로 부딪치면서 폭음이 울렸다. 진자강은 반동으로 공중에서 뒤로 밀려나고, 백사를 당겨 재차 나한승에게 달려들었다.

그러다가 순간 오른손의 손가락을 입에 넣고 휘파람을 불었다.

삐이익!

서리음이었다.

나한승의 얼굴이 일그러졌다. 나한승이 내공을 끌어모으
며 양손으로 귀를 막았다. 몸이 휘청거렸다.

진자강이 힘껏 백사를 감아 당기며 나한승의 가슴을 양
발로 차려 했다. 나한승이 자세를 바로 하고 철포삼으로 막
으려는데, 진자강이 백사에 내공을 주입했다.

썩둑! 백사가 휘감고 있던 나무의 기둥을 자르면서 나한
승의 뒤로 날아들었다. 나한승은 급히 자세를 낮췄다.

백사가 나한승의 정수리 위쪽을 스치고 지나갔다. 나한
승이 고함을 지르며 반보를 앞으로 나아가 진자강의 복부
를 주먹으로 내질렀다.

퍼엉! 진자강은 이번에도 발바닥으로 주먹을 막아 냈지
만, 더 이상 붙들 것이 없어서 허공으로 날려지고 말았다.
진자강은 허공에서 몇 번을 회전하며 돌다가 백사의 고리
를 던져서 산비탈 중간에 있는 나무를 고리로 감고 아래로
안전하게 안착했다.

나한승은 아래를 내려다보며 자신의 머리를 손으로 매만
졌다. 백사가 스치고 간 머리통의 껍질이 벗겨졌다. 거의
손바닥 반 정도나 되는 가죽이 벗겨져서 심하게 피가 흐르
고 있었다. 순식간에 얼굴이 피투성이가 되었다.

진자강은 백사의 고리를 회수한 후, 다시 한번 나한승을

향해 손을 까딱거렸다.

나한승의 얼굴이 악귀처럼 일그러졌다.

분노한 나한승이 산비탈 위에서 뛰어내렸다. 나한승은 팔짱을 끼고 운정처럼 천근추를 사용해 뚝 떨어졌다.

그런데 절반쯤 내려왔을까.

나한승이 뭔가에 걸린 듯 몸이 빙그르르 돌았다. 나한승이 떨어지고 있던 높이의 양쪽 옆에 있는 나무들이 크게 휘었다.

허공에서 빙글빙글 돌고 있던 나한승의 얼굴, 콧등 위쪽에 가로로 긴 줄이 생겨 나 있었다. 윗입술과 아랫입술 사이에도 같은 줄이 생겼다.

그 순간 진자강이 오른손을 들어 당겼다.

묵사.

보이지 않는 탈혼사가 나한승의 얼굴을 통과해 지나갔다.

스윽.

나한승은 눈을 치켜뜬 그대로 추락했다. 그러나 바닥에 부딪혔을 땐 퍽! 하고 핏물과 뇌수가 터지면서 잘린 머리가 형체를 유지하지 못하고 뭉개졌다.

운정과 안령은 멍하게 지켜보았다.

나한승의 얼굴이 가로로 잘린 채 단면을 드러내며 미끄

러져 흘러내렸다. 방금까지는 멀쩡하게 생생한 표정을 짓고 살아 있던 사람이었다. 그러나 지금은 한낱 고깃덩이가 되어 있었다.

"으……."

운정은 얼굴을 잔뜩 찌푸린 채로도 시선을 돌리지 않았다. 입술을 꾹 다물고 고개를 살짝 숙여 나한승의 명복을 빌었다.

안령은 복잡한 얼굴로 진자강을 돌아보았다.

잔인한 광경에도 불구하고 진자강은 표정 하나 변하지 않았다.

독룡이 겉으로 보기와 똑같이 눈 하나 깜박 안 하고 사람을 죽인다는 운정의 말이 농담이 아니었던 것이다.

처음부터 나한승을 도발한 것도 이런 상황을 염두에 둔 포석이었으리라.

진자강은 안령과 눈을 마주쳤다가, 이내 고개를 돌려 묵사의 고리를 회수하곤 즉시 비탈을 기어오르기 시작했다.

운정이 진자강의 뒷모습을 보며 안령에게 말했다.

"원시천존. 갈 길이 다르다면 함께하지 않는 게 좋겠습니다. 사부님께서 말씀하시길, 수라의 길은 범인이 좇아선 안 된다고 하셨습니다."

운정은 인사를 마치고 진자강을 따라 산비탈을 올랐다. 안령은 위를 쳐다보다가 이를 꾹 물고 뒤를 따랐다.

*　　　*　　　*

세 사람은 말없이 걸음을 빨리 옮겼다.

산비탈을 오른 덕에 시간을 상당히 단축했다.

운정은 지난번처럼 인기척이 끊긴 걸 알아챘다.

"지난번과 마찬가지예요. 안령 소저, 조심하세요."

운정이 안령에게 언질을 주었다. 안령은 고개만 끄덕였다. 눈길은 여전히 앞쪽을 향해 있었다.

낭중령의가 있는 장원이 가까워짐에 따라 점점 심상치 않은 분위기가 느껴져 왔다.

"고갯길만 넘으면 대화원이야."

안령이 말했다. 언덕 때문에 가려져 뒤쪽의 장원이 보이지 않는 그 잠깐의 순간이 긴장감으로 팽팽해졌다.

진자강으로서는 본래 낭중령의를 찾아가는 게 이렇게 힘든 여정이 될 필요가 없었다.

진자강이 대화원에서 할 일은 낭중령의가 역병에 관련된 약재를 축적해 두고 있었느냐, 아니냐를 확인하면 될 뿐이었다.

그런데 소림사와…… 그리고 안씨 의가 출신의 소봉이란 소저 한 명 때문에 일이 복잡해졌다.

물론 낭중령의에서 협조해 준다고 하면 그보다 더 편하고 좋은 일은 없을 테지만, 굳이 이 같은 귀찮음을 무릅쓸 만한 가치가 있는가는 여전히 의문이었다.

강호는 역동적으로 매 순간 격변하고 있었다.

잠깐만 한눈을 팔고 때를 놓치면 모든 기회를 놓치게 될 수도 있었다.

당장에만 해도 강호는, 소림사는 진자강의 예상보다도 한발 빠르게 움직이고 있는 것이다.

이제 곧 진자강의 예상이 맞았는지, 불안함이 현실이 될 것인지 알게 될 터였다.

그때.

고갯길 위에 사람 한 명이 멍하게 서 있는 모습이 보였다. 아니, 서 있는 게 아니라 흐느적거리면서 고갯길을 걸어 내려오는데, 걸음이 너무 느려서 서 있는 것 같았다.

남자는 제대로 걷지도 못하고 좌우로 왔다 갔다 하면서 치우쳐 걸었다.

그럴 수밖에 없는 것이, 남자의 왼쪽 머리통은 심하게 함몰되어 있었다. 깨져서 부서진 게 아니라 안으로 눌렸다. 그 때문인지 왼쪽 눈은 완전히 피로 물들었고, 반대쪽인 오른쪽 눈은 눈꼬리 쪽으로 치우쳐져 사시처럼 되어 있었다.

그래서 제대로 걷지 못하고 갈지자로 왔다 갔다 하는 것이다.

"으…… 아……."

남자는 들릴 듯 말 듯한 신음을 내며 계속해서 고갯길을 넘어왔다.

남자를 본 안령의 손이 부르르 떨렸다.

"방 형……?"

왼쪽 머리가 함몰된 남자, 방묵이 진자강과 안령, 운정을 발견하고 걸음을 서둘렀다.

비틀! 발이 꼬인 방묵이 앞으로 넘어졌다. 안령이 십 장이 넘는 거리를 단숨에 달려가서 방묵이 쓰러지기 전에 그를 안았다.

그러곤 급히 침통을 꺼내 얼굴 곳곳에 침을 놓았다. 워낙 왼쪽 머리가 심하게 눌려 뇌를 다친 터라 오른쪽 눈동자가 가운데로 완전히 돌아오지 못했다.

방묵은 안령이 아니라 진자강을 향해 떨리는 손을 들었다.

방묵의 손에는 피 묻은 천이 들려 있었다. 작은 깃발처럼 보였는데 반이 찢어져 앞의 글씨는 알아볼 수 없고 뒤쪽의 서(西)자만 겨우 알아볼 수 있었다.

"영수님께서 주신 것……."

진자강은 방묵에게서 피 묻은 천을 받아들었다.

"나는 신의를…… 지키려 하였…… 습……."

안령이 외쳤다.

"더 말하지 마! 방 형, 살 수 있어. 살 수 있으니까 입 다물고 집중해."

"미안합니다……."

방묵은 그제야 자신의 업을 다했다는 듯 히죽 웃었다. 눈동자가 서서히 뒤로 넘어갔다.

"방 형!"

방묵의 몸이 경련했다. 바로 숨이 끊어졌다. 그때까지 버틴 것만도 대단한 일이었다.

진자강은 방묵을 가만히 내려다보다가 피 묻은 천을 손에 꾹 쥐고 곧장 고갯길을 넘어 대화원을 향했다.

대화원의 정문은 파괴되어 있었고, 담장은 곳곳이 허물어졌다. 사람들의 시신이 여기저기에 보였다.

쿠당탕!

중년인이 부서진 문으로 뛰쳐나왔다.

나한승이 지붕을 뛰어넘어 달아나는 중년인의 앞을 가로막았다.

중년인이 이를 악물고 송곳처럼 생긴 아미자라는 무기로 나한승을 공격했다. 나한승은 팔뚝으로 아미자를 막으며 번개처럼 중년인의 정강이를 걷어차 부러뜨리고, 반대쪽 발의 오금을 옆에서 차 무릎을 탈골시켰다.

그 일련의 과정들이 한 호흡만에 이루어졌다. 양다리에 타격을 입은 중년인이 비명을 지르며 쓰러졌다. 나한승이 양손으로 중년인의 머리를 잡았다.

"사, 살려……!"

그때 나한승과 진자강의 눈이 마주쳤다. 나한승의 눈이 기묘한 빛을 띠었다. 나한승은 중년인의 머리를 그대로 돌려 버렸다.

우드득. 중년인의 목이 부러지며 머리가 한 바퀴를 돌았다.

진자강이 나한승을 노려보며 다가섰다.

한데 의외로 나한승이 옆으로 걸음을 비켜섰다.

싸우지 않겠다는 의미는 확실하다. 안으로 들어가라는 의미로도 보일 수 있었다.

진자강은 나한승을 잠시 쳐다보다가 그를 지나쳐 부서진 정문을 통과했다.

장원 안쪽에도 온통 시체가 가득했다. 머리와 가슴이 함몰되고 팔다리가 부러져 널브러져 있었다. 소림사의 외공이 남긴 흔적이다.

그리고 간혹 칼로 썬 듯 깔끔하게 토막이 난 부위들도 피를 뿌리며 흩어져 있곤 했다. 나한승들은 허리에 대계도를 차고 있었으므로, 아마 계도를 사용한 흔적일 가능성도 있었다.

진자강은 계속해서 걸었다.

싸우는 소리가 들린다.

"소림사는 결코 성공하지 못할 것이다!"

악에 받친 듯 고래고래 소리를 지르는 노인의 목소리가 들려왔다.

길쭉한 관모를 쓴 노인이 담장 위를 날아다니고 있었다. 몸놀림이 범상치 않은 것으로 보아 그가 낭중령의의 영수인 듯했다. 하나 이미 한쪽 어깨는 무너져 있었고, 머리도 옆통수가 터져서 피를 줄줄 흘리고 있는 중이었다.

그 뒤를 금란가사의 금강승이 쫓았다. 금강승이 담을 밟고 뛸 때마다 펑펑 소리가 나며 담이 부서졌다.

노인이 지붕까지 올라가서 멀쩡한 손을 어깨 위로 치켜들곤, 금강승이 지붕으로 올라올 때까지 기다렸다. 금강승이 지붕으로 올라온 순간, 엄지를 접고 나머지 네 손가락을 펼친 상태에서 팔을 힘껏 휘저었다.

엄청난 양의 바늘 침이 둥글게 퍼지면서 쏟아졌다.

"죽어라!"

금란가사의 금강승이 발을 굴렀다.

쾅! 지붕의 기왓장들이 떠올랐다. 금강승은 크게 숨을 들이쉬며 마보를 취하고 떠오른 기와들을 주먹으로 쳤다. 보이지도 않는 속도로 주먹이 움직였다.

퍼퍼퍼펑!

깨진 기왓장의 무수한 조각들이 노인에게로 튀어 나갔다. 기와 조각들은 바늘 침을 전부 쳐 내면서 노인의 몸에 들어박혔다. 일부 날카로운 조각은 몸을 베었고, 뾰족한 조각은 뼈와 살을 뚫고 지나갔다.

노인의 몸에 수없이 많은 구멍이 났다. 물동이에 구멍이 난 것처럼 실 피가 찍찍 샜다.

노인이 피를 흘리며 무릎을 꿇었다. 금강승이 처벅처벅 노인의 앞으로 걸어갔다. 노인이 고개를 들어 금강승을 쳐다보았다.

금강승은 일말의 망설임도 없이 노인의 머리를 주먹으로 내려쳤다.

뻑! 노인의 머리가 고스란히 함몰되었다. 노인은 눈이 튀어나온 채 앞으로 쓰러져 죽었다.

금강승이 피 묻은 손을 닦고 반장하며 고개를 숙였다.

"독문 일파. 낭중령의, 종결."

금강승은 무표정한 눈으로 아래의 진자강을 내려다보았다.

진자강 역시 금강승과 눈을 마주했다.

한동안 둘은 말이 없었다.

그러나 이번에 먼저 입을 연 것은 금강승이었다.

"담상 나한은 어찌 되었는가."

"그게 누굽니까."

"너희를 마중 갔던 본사의 제자다."

"이름 같은 건 못 들었습니다만."

금강승이 눈을 부릅떴다.

"범납(梵衲)의 법명은 공읍이다. 담상 나한을 해하였다면, 너는 나의 법명을 머잖아 다시 한번 듣게 될 것이다."

"스님의 법명 같은 건 백 번을 들어도 관심 없습니다."

금강승 공읍의 입가가 씰룩였다.

진자강이 공읍을 노려보며 물었다.

"왜 그를 보내 주었습니까?"

"누굴 말하는가."

"방묵."

공읍의 입꼬리가 길게 늘어났다.

"티끌보다 못한 마졸(魔卒)의 이름 따위는 모른다. 하나 머리를 짓눌렀는데도 죽지 않고 달아난 자가 있음은 기억이 나는군."

진자강의 말을 고스란히 돌려준 셈이지만 진자강은 조금도 동요하지 않았다.

"내가 올 걸 알고 보란 듯이 반죽음 상태로 보내 준 것 아닙니까?"

공읍은 대답하지 않았다. 진자강이 손을 들어 피 묻은 천을 들어 보였다.

"서(西). 이 앞에 있는 글자를 알고 있어서 그냥 놓아 준 겁니까?"

공읍은 여전히 대답하지 않았다.

진자강이 서서히 살기를 끌어 올렸다.

"힘으로, 알아내면 되겠습니까?"

저릿저릿한 살기가 공읍을 향해 뻗어 갔다. 공읍의 목과 팔뚝에 자글자글한 소름들이 돋았다. 공읍의 내공이 진자강의 살기에 반응해 기혈이 뜨끈하게 끓고 계인이 찍힌 민머리에 핏줄들이 울룩거렸다.

공읍이 내공을 끌어 올렸다. 눈가에 황색의 누런 기운이 맺혔다.

"나무아미타불 관세음보살!"

퍼엉!

공읍의 가슴에서 폭음이 울리는가 싶더니, 공기 중에 큰 파장이 일렁였다. 순식간에 진자강의 살기가 흩어지며 더 이상 공읍에게 큰 영향을 주지 못하고 겉돌았다.

소림사의 내공은 도가의 내공과 함께 강호에서 최고로 안정적인 심법으로 손꼽힌다.

공읍은 오만한 표정으로 진자강을 내려다보며 조소했다.

"서둘지 마라, 독룡이여! 너의 죽음은 예정되지 않았다! 사백님의 기명쇄로 얻은 천우신조의 기회를 내버리지 말라!"

진자강의 입술이 비틀렸다.

"기명쇄 때문에 내가 목숨을 구걸한다고 생각했다면, 굉장한 오산입니다. 사람이 좋은 말로 할 때, 알고 있는 바를 털어놓으십시오."

물론 대답은 없었다. 오히려 공읍의 입가에 맺힌 조소가 진해졌다.

언뜻, 그것은 조롱이 섞인 살기처럼 느껴질 정도였다.

진자강은 공읍의 미소에 이를 드러내며 잠들어 있던 야수를 일깨웠다.

공읍은 단단해 보이는 팔을 내린 채 여전히 진자강을 내려다보며 웃을 뿐이었다.

진자강은 뒤춤에서 단봉 두 자루를 꺼내 양손에 하나씩 쥐었다.

절겸도다.

진자강이 웃는 공읍을 향해 낮은 목소리로 말을 내뱉었다.

"함부로 웃고 그러다 죽습니다."

진자강은 단봉을 꽉 움켜쥐고 끝을 부딪쳤다.

철컹!'

시퍼런 날이 튀어나와 낫이 되었다.

진자강이 절겸도의 끝을 들어 공읍을 가리켰다. 공읍의 입가에 맺힌 조소가 진해졌다.

그런데 그때.

사방의 담 위에 여러 명의 인영이 불쑥 몸을 드러냈다.

여섯 명의 나한승이 담 위에 올라서서 장원 안의 진자강을 포위하듯 서 있었다! 하나같이 골격이 장대하고 태양혈이 불룩 튀어나와 있으며 정기가 어린 매서운 눈빛을 했다.

나한승들이 둘러서서 진자강을 내려다보니 그 압박이 적지 않았다.

앞서 죽은 한 명과 대문 쪽의 나한승, 그리고 앞의 금강승 공읍까지 합하면 모두 아홉이나 되는 수였다.

숫자 구(九)는 불교에서 완전함을 의미하는 숫자다.

어쩐지 소수로 낭중령의를 친다는 게 이상하다 싶었다. 과연 낭중령의를 완전히 섬멸하기 위해서 이미 여럿이 더 동원된 것이다.

진자강은 옥허구광 오뢰합마공의 내공을 끌어 올렸다.

부우욱! 옷이 팽창하여 주름이 사라지고 머리카락이 거꾸로 치솟았다.

공읍은 오히려 반기는 것처럼 소리를 질렀다.

"굳이 화를 자초하는구나! 내 너를 숙정(肅正)하여 정법으로 이끌겠노라!"

하지만.

그 순간 전혀 생각지 못한 일이 벌어졌다.

지붕 위에 올라가 있던 공읍의 뒤에 그림자가 생기더니, 공읍의 허리에 다리가 감기고 보통 사람의 허벅지보다 두꺼운 목에는 가느다란 팔이 감겼다.

"음?"

공읍이 흠칫 놀라며 고개를 돌리려 했지만 이미 뒤에 매달린 안령이 팔을 꽉 당겨 공읍의 머리를 고정시켰다.

공읍은 코웃음을 치며 뒤에 붙은 안령을 떼어 내려 했다. 자신의 허리를 감은 다리의 발목을 꽉 잡고 벌렸다. 워낙 공읍의 손이 큰 데 비해 안령의 다리는 가늘었으므로, 공읍의 손에 잡힌 발목은 금방이라도 부러질 것 같았다.

이쯤이야 가볍게 풀어낼 수 있으리라.

공읍 본인은 물론이고 지켜보던 이들도 대부분 비슷한 생각이었다.

그런데 안령의 다리는 떼어지지 않았다.

놀란 공읍이 더 힘을 썼다. 하나 여전히 허리를 감은 다리는 꼼짝도 않았다. 조금도 풀리지 않았다.

"으음!"

공읍의 눈이 일그러졌다. 생각보다 힘이 강하다.

안령이 공읍의 머리 뒤에서 빠드득 이를 갈았다. 안령의 눈은 빨개져서 눈물의 흔적이 고스란히 남아 있었다.

"공읍 대사……. 이 자리에서 방 형의 혈채를 받겠다."

공읍이 크게 노한 얼굴로 고함을 질렀다.

"감히!"

안령은 양팔로 단단히 공읍의 목을 감고 다리는 상체를 완전히 조여 밀착시킨 채 뒤로 힘껏 허리를 젖혔다.

공읍의 목이 강하게 졸렸다.

"크윽!"

공읍의 목에 핏대가 잔뜩 솟아올랐다. 공읍은 내공을 급히 끌어 올려 철포삼을 일으켰다.

다리로 감아 조이고 있던 허리의 가사가 부풀어 올랐다. 안령의 다리도 어쩔 수 없이 밀려나기 시작했다.

안령은 이를 악물고 더 힘껏 다리를 조였다.

"이이이이!"

안령의 머리카락이 스멀스멀 거꾸로 치솟았다. 놀랍게도 다리가 조금씩 철포삼이 깃든 금란가사를 파고들어 갔다. 금란가사가 구겨지고 있었다.

우지직, 우지직.

금란가사가 얇은 철판처럼 구겨지면서 안으로 말려들어 갔다. 다리는 금란가사를 완전히 파고들어 아까보다도 더욱 힘껏 공읍의 허리를 조였다.

공읍의 얼굴이 일그러졌다. 늑골이 조여지고 있어서 금방이라도 부러질 것 같았다. 겨우겨우 철포삼으로 버티고는 있지만, 늑골뿐 아니라 목도 문제였다.

팔을 뒤로 휘저어 봐도 안령의 몸을 잡을 수가 없었다.

공읍은 결국 안령의 팔을 잡았다. 그러나 공읍의 반……아니, 반의반도 안 되는 가는 팔뚝을 도저히 뗄 수가 없었다. 공읍은 아예 손에 힘을 주어 악력으로 안령의 팔뚝을 쥐어 터뜨려 버리기로 작정했다.

"그으으어어어!"

공읍의 손에 잡힌 안령의 팔뚝이 짓눌리며 옷과 살이 함께 찢어지기 시작했다. 살갗이 밀리고 피가 흘렀다.

하나 끝까지 조임을 풀지 않는 탓에 공읍의 얼굴 역시 점점 더 붉어져 갔다. 팔이 목을 파고들어서 핏대가 눌렸고 목울대까지 압박했다. 목울대가 밀려서 목에 상처가 났는지 공읍의 입가에 피가 맺혔다.

공읍은 온 힘을 다해 안령의 팔뚝을 쥐어짰다. 팔뚝 살이 밀리면서 계속해서 피가 흘렀다. 흐르는 피 때문에 목을 조인 팔이 미끄러워졌다.

안령은 한 번 더 고함을 지르며 내공을 끌어 올려 팔을 당겼다.

엄청나게 힘이 들어간 안령의 팔뚝은 핏줄이며 근육의 결이 하나하나 다 세밀하게 보일 정도로 팽팽해져 있었다. 마치 사람의 피부를 얇게 벗겨 내면 그렇게 보일 것 같은 정도였다.

"으아아아!"

"끄으윽!"

두껍기 짝이 없던 공읍의 목을 거의 절반 가까이나 안령의 팔이 파고들었다.

공읍의 얼굴은 이제 새빨갛다 못해 거무죽죽해졌다. 눈이 조금씩 튀어나오며 좌우로 벌어지고, 흰자위에는 벌건 핏줄이 가득해졌다. 피눈물이 맺히고, 코에서도 새빨간 피가 흘러나오기 시작했다.

뿌드드득!

공읍의 옆구리에서 어긋난 뼈 소리가 울렸다. 철포삼이 부서지고 공읍의 옆구리를 안령의 다리가 더 꽉 죄었다.

우드드득!

더 심한 소리가 나며 안령의 다리가 완전히 공읍의 가사에 파묻혀 보이지도 않을 정도로 조여졌다.

털썩!

공읍이 무릎을 꿇었다. 상체가 기울어져 어쩔 수 없이 안령의 팔을 놓고 손으로 지붕의 바닥을 짚었다. 온통 거메진 얼굴에는 지렁이 같은 핏줄이 도드라지게 튀어나와 있었다.

"끅, 끄윽……."

공읍은 고통으로 말미암아 바닥을 손으로 긁듯이 꽉 쥐었다.

꽈드드득!

공읍의 손에 걸린 기왓장들이 가루가 되어 부서졌다.

안령이 마지막으로 온 힘을 다해 허리를 젖히며 팔을 당겼다.

"으아아아아!"

우드드드득!

마침내 공읍의 혀가 튀어나오고 목이 부러지면서 머리가 쭉 빠져나왔다. 공읍의 머리는 안령의 팔에 걸려서 목이 거의 한 뼘 반도 넘게 늘어난 채로 몸에 붙어 있었다.

안령은 거기에서 한 번 더 목을 비틀어 완전히 죽음을 확인했다.

그러고는 비틀거리며 겨우 다리를 풀고 일어섰다.

안령이 허리를 굽히고 반쯤 몸을 일으킨 채로 장내를 돌아보았다. 피로 범벅이 된 얼굴에서 땀이 비 오듯 흘러내렸다.

"헉…… 헉헉."

장원은 적막이 가득해 고요했다.

누구도 먼저 입을 열기가 어려운 때였다.

심지어는 나한승들조차 자신의 눈으로 본 것을 믿기 어려웠다.

금강승은 무림 문파로서의 소림사가 대외적으로 자랑하는 무력 중 하나다. 외공이 전성기에 이르는 마흔의 나이에서만 선발될 정도다.

그런데 그런 금강승이 젊은 소저에게 완력에서 밀려 목이 부러져 죽었다. 심지어는 철포삼마저 박살이 난 채로.

운정도 입을 벌리고 멍하니 지붕 위의 안령을 쳐다볼 뿐이었다.

안령이 이 정도로 강한 힘을 가지고 있을 줄은 몰랐다.

비록 전대이긴 하지만 일전에 범몽 대사와 싸울 때를 생각해 보면, 이렇게 금강승을 죽일 수 있다는 건 거의 불가능에 가까운 일이었다.

"안령 소저…… 괜찮으세요?"

운정이 겨우 정신을 차리고 물었다. 금강승을 압도적인 완력으로 눌렀지만 안령의 상태도 그리 좋은 편은 아니었다.

양 팔뚝에는 공읍의 손자국이 고스란히 남았다. 너덜너덜해진 소매의 옷감 사이로 공읍이 쥐어짠 부분의 살이 찢어져 피가 흐르고 있었다.

안령은 팔이 제대로 움직이지 않는지 손가락을 제대로 굽히지도 못했다.

"아…… 괜찮아. 이 정도야……."

핑그르르.

안령의 주위로 고리 하나가 크게 원을 그리며 돌았다. 안령이 뒤늦게 방어하기 위해 손을 올렸다. 하지만 이미 늦었다. 굳어 버린 손가락이 움직이지 않아 어떻게 할 도리가 없었다.

"으윽!"

보이지 않는 실에 목이 감겼다.

진자강이 팔을 당겼다.

휙!

안령은 묵사에 목이 묶인 채로 지붕 위에서 아래로 떨어졌다.

쿠우웅!

뿌연 흙먼지를 일으키며 안령이 바닥에 떨어져서 허우적댔다.

진자강은 안령에게 걸어갔다.

안령이 묵사를 풀어내려 했다. 진자강은 묵사를 당겨서 꼼짝 못 하게 만들었다.

진자강이 냉정한 눈으로 안령을 내려다보며 물었다.

"무슨 짓입니까."

안령이 이를 씹으며 말했다.

"뭐! 내가 혈채는 받아 낸다고 했잖아."

진자강이 다시 묵사를 당겼다.

"으윽!"

안령은 묵사에 목이 졸린 채 진자강에게 딸려서 몸을 반쯤 일으켜야 했다.

나한승들이 잠시 움직이지 않고 지켜보는 가운데, 운정이 달려왔다.

"독룡 도우, 그만하세요. 안령 소저는 다친 사람이잖아요. 갑자기 안령 소저에게 왜 이러시는 거예요?"

진자강이 차갑게 대꾸했다.

"우리가 왜 여기에 왔다고 생각합니까."

"그야……."

낭중령의에게 단서를 알아내기 위해 온 것이다. 하지만 낭중령의는 몰살당했다.

진자강이 찢어진 깃발의 천을 내보였다.

"금강승 공읍은 이 글자의 의미를 알고 있었습니다. 그리고 나는 그에게 대답을 들으려던 참이었습니다."

하지만 금강승 공읍은 목이 빠진 채 혀를 빼물고 죽어 있다.

안령이 대답했다.

"미안해. 거기까진 생각하지 못했어. 방 형의 혈채를 갚을 생각만 하다가……."

진자강이 묵사를 더 세게 당겼다.

"윽!"

묵사의 줄이 안령의 목을 파고들어서 조금씩 핏방울이 맺혔다.

진자강의 눈빛은 서늘했다.

"거짓말하지 마십시오. 금강승의 목을 맨손으로 뽑아 죽일 수 있었으면, 기습하지 않고도 정면에서 얼마든지 죽일 수 있었습니다."

"흐응."

묵사에 목이 졸린 채로 갑자기 안령이 웃었다.

진자강이 이를 드러냈다. 눈꼬리에 살기가 어려 불그스름한 기운이 올라왔다.

"한 번 더 웃으면 죽입니다."

안령은 입 끝을 더 들어 올렸다.

"죽여. 어서 죽여. 내가 장담하건대 지금 날 죽이지 않으면 반드시 후회할……."

진자강의 눈에 진한 살기가 동했다.

"으아아앗!"

운정이 놀라서 안령의 입에 손을 넣고 강제로 우는 표정으로 만들었다.

"읍읍! 읍읍읍!"

안령이 당황해선 무슨 짓이냐며 운정을 쳐다보았다.

"독룡 도우는 한다고 하면 진짜로 한단 말이에요! 자존심 부릴 일이 따로 있지. 왜들 그러는 거예요, 대체!"

안령이 고개를 흔들어서 운정의 손가락을 빼냈다.

운정이 곤란한 표정으로 말했다.

"그러니까 왜 그러셨어요. 조금만 참든가 기다리셨으면……."

"기다리긴."

안령이 핏 웃었다.

"만약 내가 그 글자의 의미를 알고 있다면?"

진자강의 미간이 찡그려졌다.

"알고 있습니까?"

"알고말고."

운정도 눈을 휘둥그레 뜨고 물었다.

"안령 소저가 아신다고요?"

"알아."

"어떻게요?"

안령은 어떻게 알았느냐는 말의 대답 대신 빠진 글자를 답했다.

"섬(陝). 완전한 글자는 섬서(陝西)야."

"섬서는 섬서성, 그러니까 지역을 말하는 건가요?"

안령은 거기까지는 대답하지 않았다.

대신 잠시 입을 다물고 진자강을 가만히 응시했다가 물었다.

"당신, 십 년 전쯤에 벌어진 약문의 멸문. 그에 얽힌 비사를 찾고 있어. 복수하기 위해서. 맞지?"

진자강은 대답 없이 안령을 바라보기만 했다.

안령이 허무함 짙은 표정으로 웃으면서 말했다.

"당신이 찾고 다니는 사건의 모든 원흉을 알려 주지. 그러니까 확실히 들어. 그리고 듣는 순간 망설이지 말고 손을 써서 죽여."

진자강의 살기가 진해졌다. 눈빛이 점점 더 강렬해졌다.

"말하십시오."

이윽고 안령이 답했다.

"내가 바로 당신의 원수야, 독룡."

그 말을 듣는 순간 어떤 반응을 보여야 하는지 알 수 없었던 건 진자강이나 운정이나 마찬가지였다.

운정이 소리쳤다.

"왜죠? 전 안령 소저가 독룡 도우의 원수라는 것도 믿지 못하겠습니다!"

안령이 차분하게 말했다.

"이 모든 사태를 초래한 것이 우리 안씨 의가였으니까. 약문과 독문의 분쟁은 최초에 우리로부터 시작되었다. 그러니 나는 따져 보면 약문 몰살의 단초를 제공한 원수가 되는 거지."

진자강이 물었다.

"그 단초가 뭡니까."

"과거에 약문은 독문에 비해 지나치게 세력이 강했어. 그래서 독문 병합을 시도했지."

진자강의 눈이 가늘어졌다.

안령의 말은 갑작스러웠으나, 내용은 이미 과거에 몇 번이나 들어 온 얘기다.

철산문의 강규는 자신들도 어쩔 수 없이 한 일이라고 했다.

진자강은 그런 강규에게 소리쳤다.

"어쩔 수 없어서 죄 없는 사람들을 고문하고 그들의 죽음을 조롱했습니까!"

하지만 강규는 비릿하게 웃으며 마지막 말을 남겼다.

"죄가…… 없다라……."

진자강은 이후에 들은 편복의 말을 떠올렸다.

"약문이 실패했던 이유는 사천 당가를 고려하지 않았기 때문이란 설이 가장 유력하게 꼽히고 있어. 사천 당가의 저력은 어마어마하지. 공격당하는 와중에도 독문 연합을 구성해 조직적으로 약문을 쳐 나갔다네."

편복은 진자강에게 중원에서는 운남에서와 달리 약문이 독문을 쳤다고 말했다.

그것은 그때까지 진자강이 알고 있던 사실과 정반대였던 것이다.

"그래서?"

"우리가 독문에 언질을 주었다."

진자강이 어금니를 꽉 깨물어 턱에 힘줄이 돋았다.

편복의 얘기에 맞아떨어진다.

당가가 언질을 받고 미리 준비했다면 충분히 해 볼 수 있었을 것이다. 안씨 의가와 낭중령의가 오래전부터 교분이 있다 했으니, 그 대가로 낭중령의를 빼내 독문 육벌에까지 오르게 한 것이리라.

절로 묵사를 당긴 손에 힘이 들어갔다. 안령이 살짝 고통스러운 표정을 지었다.

진자강이 말했다.

"이제 납득했습니다. 직접적인 가해는 아니었지만 그 정도면 죽을, 이유로는 충분하군요."

안령이 이를 악물었다.

"약문은…… 큭…… 독문 전체를 먹어 치우기 위한 계획을 꾸미고 있었어. 만일 그 계획이 성공했다면 십 년 전에 몰살당한 건 약문이 아니라 독문이 되었을 거야!"

"고백치고는 엉성한 것 같습니다. 아니면 내가 용서라도 해 주길 바라는 겁니까?"

"의가는 본래 약문과도 독문과도 가까울 수밖에 없는 사이야. 어느 한쪽이 강해지기를 원하지 않는다. 하지만 우리도 이렇게까지 약문이 밀릴 거라고는 생각하지 못했어. 적당한 수준에서 중재할 예정이었지."

"그런데 일이 잘못되어 약문이 멸문하였다…… 그런 식으로 책임을 회피할 작정입니까?"

"중간에 개입한 자가 있었어."

진자강은 흠칫했다.

설마, 라는 말이 순간 튀어나올 뻔했다.

"당신도 잘 아는 사람이지. 십 년 전에 무림총연맹의 중앙 조정관이었던."

백리중!

백리중은 독문을 무림총연맹에 가입시키고 그 대가로 자신에 대한 지지를 요구했다. 그리고 이후로 이제까지 승승장구해 왔다.

독문으로서는 그 같은 호기를 놓치지 않았을 터였고, 그들의 이해관계에 따라 약문의 운명은 결정되어 버린 것이다.

안령이 진자강을 보며 말했다.

"독룡. 나는 이미 당신이 낭중령의를 찾고 있다는 걸 알고 있었다. 마을에서 만난 건 우연이었지만, 그러지 않았더라도 결국에 우리는 이곳에서 만날 수밖에 없었을 거야."

진자강은 안령을 대할 때 그녀가 이미 어느 정도 숨기고 있는 속셈이 따로 있다는 건 눈치챘다. 그래서 말을 줄이고 안령과 거리를 두었다.

하나 자신을 만나러 온 것이었다면 그리 소용없는 일이었는지도 몰랐다.

"나를…… 일부러 만나러 왔군요."

"맞아. 당신과 손을 잡아도 될지 확인하기 위해서."

"그래서 나를 시험한 겁니까. 협이니 사람 냄새를 맡기 위한 각오니 하는 소리를 다 끌어들여서?"

"믿을지 모르겠지만, 지금이야말로 협이 필요한 시대야. 난 그렇게 믿어."

"차라리 처음부터 그렇게 대놓고 말했다면, 지금보다는 사정이 나았을 겁니다. 일문이 몰살하게 된 원인을 제공한 자가 말하기엔 너무 뻔뻔한 얘기긴 합니다만."

"아프네. 너무 직설적이라서."

"배신과 칼부림에 관한 얘기는 결국 본인 스스로에게 말하는 것이었군요."

정곡을 찔린 안령의 얼굴이 붉어졌다.

"가문에 대한 죄책감 때문에 일부러 허세를 부리고, 오히려 더 정의로운 척하고. 협과 혈채에 집착하고. 그게 가문의 과거 죗값에 대한 당신의 사죄 방식입니까?"

진자강이 갑자기 문파 이름을 외기 시작했다.

"백화절곡, 약왕문, 보삼문, 상황곡, 양잠파, 천도문, 오송문, 구선문, 일이곡, 사장파……."

모두가 진자강과 같은 갱도에 갇혀 있던 운남 약문의 이름이었다.

진자강이 이를 갈며 말했다.

"안씨 의가에서 적당히 자신들에게 편한 대로 일을 정리하려다가 그 여파로 죽은 운남 약문…… 그중에서도 나와 함께 생매장을 당한 이들입니다. 나는 팔 년을 갱도에서 그들의 시체를 옆에 두고 숨 쉬며 살았습니다. 그들 한 명 한 명이 지닌 문파의 원한을 어깨에 지고 혼자서만 살아남았습니다."

"나는……."

안령은 붉어진 얼굴로 아무 대답도 하지 못했다.

"내게 세상을 우습게 보지 말라고 했습니까? 피를 보지 않으려면 그만한 각오를 하라 했습니까? 웃기지 마십시오, 누가 누구에게 설교를 하는 겁니까."

진자강의 분노가 운정에게까지 고스란히 느껴져 왔다.

안령이 눈을 질끈 감았다가 기운을 내어 대답하려 하는데, 운정이 뒤를 돌아보더니 놀라서 소리쳤다.

"독룡 도우! 안령 소저! 지금 이렇게 얘기하고 있을 때가 아니에요!"

어느샌가 나한승들이 담장 위에서 내려와 서서히 다가오고 있었다. 정문 쪽에 있던 나한승까지 합류해 일곱이나 되었다. 절대로 얕볼 수 없는 수다.

안령이 작심한 듯 말했다.

"강호에 더 큰 격변이 다가오고 있어. 십 년 전보다 더 큰. 약문과 독문의 혈사 정도로 끝날 일이 아냐. 거기에 소림사까지 개입하였으니 적당한 수준에서 마치진 않을 거야."

"알고 있습니다."

"당신만 느끼는 게 아냐. 강호에서 칼 밥을 먹고 사는 모두가 똑같이 느끼고 있어. 단지, 언제 그것이 벌어질지 어떤 식으로 시작될지 모를 뿐이지."

진자강의 살기가 더해져 갔다.

"약문과 독문의 혈사 수준이라고 했습니까? 혈사를 겪은 장본인의 입장에서 매우 불쾌한 이야기군요. 이제 당신의 말을 더 들을 필요는 없을 것 같습니다. 아까의 부탁대로 해 드리겠습니다. 조용히 가십시오."

진자강의 머리카락이 떠오르기 시작했다. 진자강이 무엇을 하려는지 안 운정이 진자강을 말렸다.

"독룡 도우! 독룡 도우를 만나러 온 사람이라잖아요. 아무리 화가 나도 사절로 온 사람을 해치는 건 아닙니다!"

멈칫.

진자강이 잠깐 망설이자 운정이 다시 설득했다.

"안령 소저가 어차피 그 빠져 있는 글자도 알려 주었고요. 아까 스님이 살아 있었다고 해도 말해 줬으리란 법도 없잖아요."

진자강은 잠시 운정의 말을 곱씹다가 고개를 끄덕여 수긍했다.

운정은 겨우 안도의 숨을 내쉬었다.

진자강이 손을 흔들어서 안령의 목에서 묵사를 풀어 주었다. 안령의 목에 가느다란 핏자국이 그대로 남았다.

"운정 도사의 말이 맞군요. 사절로 왔다고 하였으니, 오늘은 살려 드리겠습니다."

"독룡!"

안령이 눈에 힘을 주고 말했다.

"우리 안씨 의가는 혈채를 잊지 않는다. 낭중령의를 치려는 당신을 막은 건 그래서다. 금강천검과 당가도 언젠가는 우리의 칼을 받게 될 거야. 우리가 목표로 하는 대상은 결국 같다는 걸 잊지 마."

진자강은 안령을 빤히 보며 답했다.

"혈채는 존중해야 한다고 했던 걸로 기억합니다. 안씨 의가에 대해서는 나 역시 마찬가지입니다. 조금 더 지켜보겠습니다. 하지만 안씨 의가에 받아야 할 핏값이 있다면, 찾아가 받겠습니다."

"우리의 도움 없이 혼자서 그들을 상대할 수 있을 것 같아?"

진자강은 말없이 안령을 쳐다보았다.

안령이 다시 말했다.

"나는 당신을 설득하러 왔다, 독룡. 이건 처음이자 마지막 제안이야. 나는 당신을 이해하지만, 우리 윗선에서까지 당신을 이해할 거란 낙관은 하지 않는 게 좋아."

진자강의 입가에 조소가 걸렸다.

"처음엔 이래라저래라 자신의 생각을 강요하더니 이젠 협박입니까?"

"협박이 아냐. 사실이지."

"사실이든 아니든, 처음부터 솔직하지 않은 자들과 손잡을 생각은 전혀 없습니다. 뒤통수를 얻어맞는 건 한 번이면 족합니다."

"고집불통!"

진자강은 운정에게 눈짓했다.

"이제 가지요."

"네? 이대로요?"

나한승이 일곱이나 자신들을 노려보고 있고, 뒤에는 팔을 다친 안령이 있다.

진자강의 말을 싸우자는 것으로 이해해도 나한승들을 보면 한숨이 나오고, 도망가자는 것으로 이해해도 혼자 남은 안령을 그냥 두고 갈 수는 없다.

하지만 진자강은 정말로 그냥 걸어서 정문 쪽으로 향했다.

운정은 나한승과 안령을 두리번거리면서 엉거주춤하게 진자강을 따라갔다.

한데 놀랍게도 나한승들은 진자강을 가로막지 않았다. 살짝 발끝을 틀어서 오히려 비켜 주는 듯한 인상을 주고 있었다.

"어어?"

운정은 이 희한한 일에 놀라서 입을 다물 수가 없었다.

"이, 이게 어떻게 된 거죠? 왜 소림사 스님들이 우릴 막지 않죠?"

진자강이 부서진 정문으로 나가며 말해 주었다.

"안령 소저가 왜 나한승들 앞에서 온갖 얘기를 다 떠들었겠습니까."

"그건……."

진자강과 운정이 대화원의 장원을 나온 지 얼마 되지 않아서였다.

두두두두!

장원의 좌우에서 갑자기 흰옷을 입은 수십 명의 궁수들이 나타나 장원의 문으로 들어가기 시작했다. 동시에 담장으로도 뛰어 올라가 타고 달리며, 담에 자리를 잡고선 일제히 활을 들어 안쪽을 겨누었다.

장원에서 멀리 벗어나 이를 지켜본 운정은 말을 잇지 못했다.

"독룡 도우는…… 알고 있었어요? 저 많은 사람들이 장원 근처에 있었다는 걸?"

"어느 정도는."

"그럼 미리 귀띔 좀 해 주지 그랬어요! 저는 왜 독룡 도우가 그렇게 여유 있게 대화를 나누는지 몰라서 조마조마했잖아요!"

기에 민감한 진자강도 완전하게 수를 예측하지는 못했다. 보이는 수보다 적을 거라 생각했었다.

그 정도로 궁수들의 실력이 뛰어났다.

진자강도 운정처럼 잠시 서서 뒤를 돌아보았다.

"입이 가볍고 제멋대로라 대부분의 말은 믿지 못했습니다만, 하나는 확실하군요. 나한승들에게 낭중령의의 혈채는 받아 낼 모양입니다."

슈슈슈슉!

엄청난 양의 화살들이 쏘아지는 소리가 진자강과 운정에게까지 들려왔다.

운정은 어깨를 떨었고, 진자강은 집중해서 그 광경을 쳐다보았다.

안씨 의가.

소봉이 나이에 걸맞지 않은 힘을 가진 것도 그러하고, 수상한 점이 너무 많았다.

'저들이 해월 진인께서 말한 그 풋마름병의 배후인가⋯⋯.'

혹은 안씨 의가 역시 '그들'에 의해 오염된 탓에 약문을 배신하게 된 것인가.

아직은 확답할 수 없었다.

만일 해월 진인을 만나지 못했다면 진자강은 복수의 칼날을 곧바로 안씨 의가로 돌렸을지도 모른다.

하나 스스로가 약문과 독문의 혈사의 원인을 제공했다며 자책하고 있는 안씨 의가가 과연 배후가 될 수 있을까는 의문이었다.

진자강은 이번 일로 강호가 살아 있는 것처럼 움직인다는 말의 뜻을 뼈저리게 느꼈다.

문파 하나하나, 세력 하나하나가 자신들의 생존을 위해 서 있는 힘껏 발버둥 치며 움직이고 있었다. 이합집산을 반복하며 그것들이 모두 엉키고 모여 강호 전체가 마치 살아 있는 것처럼 움직였다.

그것은 수백, 수천이며 동시에 하나였다.

해월 진인이 말했던 것처럼, 무림맹주 혼자의 힘으로는 절대 움직일 수 없는 거대한 생명이었다.

이 거대한 생명의 뿌리를 오래전부터 좀먹어 온 자들.

진자강은 그들의 정체를 더욱더 알아내고 싶어졌다.

第七章

특사

　마을로 내려가기 전, 운정은 강에서 빨래를 하고 바위에
옷을 널었다.

　진자강도 마찬가지로 피 묻은 옷을 빨아 근처 바위에 널
었다.

　둘은 겸사겸사 몸을 씻고 말릴 겸 강가에 나와 앉았다.

　운정이 옆에 앉은 진자강의 몸을 힐끔힐끔 보다가 탄성
을 감추지 못했다.

　수없이 많은 격전을 치렀는데도 불구하고 진자강의 살갗
은 매끄럽기 그지없었다. 뒤에서 보면 여인이라고 해도 믿
을 정도로 하얗고 고왔다.

운정이 숨을 휴 내쉬며 진자강에게 말했다.

"정말 이상한 경험을 한 기분입니다."

진자강이 묘한 눈으로 운정을 쳐다보았다.

"……."

하지만 다행히도 운정의 말은 진자강이 생각한 이상한 애기는 아니었다.

"저는 안령 소저가 좋은 사람인 줄 알았어요. 협을 말할 때의 진지한 표정이 잊히지 않아요."

"그런 얘기였습니까?"

"네? 그럼 무슨 얘긴 줄 알았는데요?"

"아닙니다."

진자강은 잠시 생각하다가 대답했다.

"때로는 악행을 저지르면서도 자신이 하는 일이 정의라고 믿는 이들이 있기 마련입니다. 그나마 안령 소저는 겉으로 아무렇지 않은 척 허세를 부렸으나 속으로는 부끄러워하고 있었으니 그들보다는 그나마 낫지요."

"그럼 안령 소저의 안씨 의가는 나쁜 사람들 쪽일까요?"

그 말에는 진자강도 선뜻 대답을 하지 못했다. 하지만 해답이 아닌 자신의 생각을 말해 줄 수는 있었다.

"어렸을 때 나는 강호에 대해 많은 이야기를 들었습니다. 강호에는 선과 악이 있고 그에 따라 정파와 사파로 나뉘었다고만 생각했습니다. 그런데 그게 아니더군요."

"언제 그걸 느끼셨어요?"

"강호 제일의 대협객이란 자가 뒤로 협잡을 꾸미고 있는 걸 직접 내 눈으로 보았을 때였습니다."

예전에 진자강에게 지나가듯이 들은 적이 있었다. 그래서 운정도 고개를 끄덕이며 수긍했다.

"하지만 그는 그저 악인일 뿐이었습니다. 정말로 두렵다고 느낀 건 제갈가의 소저를 만났을 때였습니다."

"제갈가라면…… 영봉이었군요."

"그 소저는 만나기 전부터 이미 나를 적으로 규정하고 찾아왔습니다. 때문에 내 앞에서 함부로 행동하길 서슴지 않았습니다. 인질을 잡는 것도 마다하지 않았으니까요."

"그건 좀 심한데요. 그건 정파의 방식이라고 할 수 없는 일이에요."

"그리고 내 결백을 입증하려면 대협객의 앞에 가서 소명해야 한다 하더군요."

"으윽, 그 대협객이 방금 말한 대협객이고 안령 소저가 아까 말한 백리중 조정관이잖아요."

"맞습니다. 그는 분명한 악이죠. 하지만 제갈 소저는 본인도 모르는 새에 악이 원하는 대로 악의 행위에 가담하고 있었던 겁니다. 당시 제갈 소저는 그것이 정의라 굳게 믿고 있는 것처럼 보였지요."

"아아. 저런……."

"그런데 나중에 가신 무사에게 들어 알게 되었습니다. 사실은 그게 정의라 믿고 있던 게 아니라, 설사 정의가 아니더라도 정의로 믿어야만 할 이유가 있었다고."

"네?"

"백리가와의 혼담을 성공시키기 위해서였다고 합니다."

"아아……. 안타깝네요."

운정이 머리를 긁적이다가 입술을 쭉 내밀었다.

"정의로 믿었든, 믿고 싶어 믿었든…… 어느 쪽이든 무서운 얘기예요. 자신이 믿고 있는 게 정의가 아니면 안 되는 것처럼 신봉하게 되는 거니까요."

"그렇다고 생각합니다."

진자강은 방묵이 준 찢어진 천 조각을 보며 안령이 알려 준 '섬서'라는 글자를 되뇌었다. 거기엔 다른 뜻이 있을 수 없었다. 섬서는 섬서성을 나타내는 지역의 명칭이다.

운정이 천 조각을 보고 머리를 굴리며 나름의 추리를 했다.

"얘기를 얼추 맞춰 보면요, 낭중령이나 안령 소저는 독룡 도우가 찾고 있는 게 무엇인지 알고 있는 것 같았어요. 독룡 도우는 역병에 관련된 독문이 약초를 수집하고 있는지 확인하려고 했었죠?"

"그렇습니다."

"안씨 의가에서는 독문이 왜 그런 일을 벌이고 있는지는 알았을까요? 만약 알았다면 굳이 언제 어떻게 시작될지 모른다고 말하진 않았을 것 같은데요."

진자강은 염왕 당청을 만났던 때를 떠올렸다.

"나는 염왕을 직접 보았습니다. 그렇게 허술하게 일 처리를 할 사람이 아니었습니다. 안씨 의가에서도 자세한 것까지는 모를 거라고 생각합니다만, 어차피 알아도 내게는 말해 주지 않았을 겁니다. 제가 그들의 제안을 받아들이지 않았으니까요."

"그렇다면, 돌아가신 방묵 도우가 이 찢어진 천을 우리에게 준 이유는……."

운정이 심각한 표정으로 생각했다.

"……."

"……."

"……."

한동안 움직이지 않고 생각하던 운정이 갑자기 머쓱하게 말했다.

"제가 바보는 아니거든요? 그런데요. 이건 생각해도 잘 모르겠네요. 헤헤."

진자강이 천 조각을 물에 적셔 핏물을 빼고 바닥에 펼쳐 보이며 말했다.

"아마 상단의 깃발일 겁니다."

천 조각은 삼각형에서 반으로 찢긴 모양새였다. 핏물을 빼고 보니 천 주변에 여러 가지 화려한 색의 실로 작은 무늬들이 수놓아져 있었다. 천 자체의 재질도 좋아 보였다.

"그러네요…….피를 빼고 보니 그렇게 보여요. 독룡 도우는 섬서에 가 본 적이 없는데 어떻게 그런 걸 다 알아요?"

"상회나 상단의 마차 행렬 중에 이런 깃발이 꽂혀 있는 걸 여러 번 본 적이 있습니다."

"역시 독룡 도우네요. 워낙에 꼼꼼하게 주변을 보고 다니까요."

"대화원의 창고를 모두 뒤져서 조사해 봤다면 좋았겠습니다만, 이번엔 사정이 여의치 않았군요."

진자강에게 감탄하던 운정이 물었다.

"그럼…… 이제는 어떻게 할 건가요? 섬서 쪽으로 가실 건가요?"

진자강이 잠시 생각해 보고 대답했다.

"섬서 쪽 상단이 독문과 연결되어 있다고 해도, 어느 정도 선까지 개입해 있는지를 제가 확인할 수는 없습니다. 단순히 물자만 제공했다면 헛수고를 하게 됩니다."

이제 한 달이면 당하란이 말한 여름이 찾아온다.

산동의 단령경에게서도 아직까지 전갈이 없는 걸 보면, 그쪽에서도 별다른 소득이 없는 것이리라.

그렇다고 장강검문에 알리기도 어려웠다. 장강검문도 오염되어 있어서, 독문에 정보가 샐 수도 있었다.

진자강은 지금까지의 단서들을 곱씹었다.

'어떻게 하면 알아낼 수 있을까.'

어느덧 옷이 말랐는지 운정이 도사복을 들어 탈탈 털었다.

"다 말랐네요. 핏자국도 대충 지웠으니 이제 마을로 가서 뭐라도 먹고 좀 쉬어요."

어차피 정보를 얻으려면 움직일 수밖에 없었다.

"그러지요."

*　　*　　*

"이히히히!"

염왕 당청은 지급으로 들어온 소식에 자지러지게 웃었다.

당귀옥이 당청이 불러 방에 갔을 때에도 여전히 웃고 있었는데, 그 작은 눈에서 눈물이 줄줄 흘렀다.

들어온 당귀옥을 보고 당청이 서신을 던지며 배를 잡고 웃었다.

"이히히! 이히히히! 그놈 진짜 인재야, 인재. 움직일 때마다 강호가 출렁거릴 사고를 치는구먼!"

당귀옥은 서신의 첫 부분을 보고 흠칫했으나 이내 차분하게 서신을 마저 읽더니 푸근하게 웃었다.

"대단하군요. 우리 조카사위."

"그렇지? 그렇지! 내가 괜히 웃긴 게 아니지? 어떻게 다닐 때마다 이럴 수가 있을꼬?"

지금 서신의 첫 줄은 소림사의 절복종이 마침내 행동을 시작했다는 소식이었다.

당귀옥도 절복종이 소림사 밖으로 나온 의미를 안다. 그래서 놀랐던 것이다.

그런데 다음 소식이 더 놀라웠다.

절복종의 무승들이 낭중령의의 근거지인 대화원을 쓸어버린 데까지는 그럴 수 있겠다 싶었는데, 이후에 아홉 명의 무승들이 고스란히 시체가 되었다는 것이다.

"누가 한 일이랍니까? 설마 우리 조카사위가 전부 다 해치운 건 아닐 테지요."

"협조한 놈들이 있었는데 흔적을 싹 지워 버렸어. 어디인지 감은 잡히는데 증거가 없다는군. 조만간 밝혀지긴 하겠지만 조금 시간이 걸릴 거야. 아마 독룡은 알고 있겠지."

당청이 말을 이었다.

"사실 이번 행보는 소림사에 매우 큰 의미가 있었어. 세상에 절복종이 나왔다고 떠벌리면서 소림사가 강호를 향해 자비 없는 정법행에 나섰다는 것을 선포하는 첫 출발이었거든."

"특히나 우리 독문 육벌 중의 하나인 낭중령의를 공격했지요."

"그 누구도 정법행을 피해 갈 수 없다고 상징적인 경고를 한 것이지. 그런데 기껏 나온 놈들이 시작부터 죄다 죽어 버렸으니 얼마나 무안했겠어."

당귀옥이 신이 난 당청의 얘기를 듣고 있다가 말했다.

"오라버니는 그 아이를 너무 좋아해서 탈입니다. 조카사위 때문에 오라버니가 기분 좋은 건 알겠지만, 소림사는 이 정도로 물러서진 않을 거예요."

"그렇겠지. 과거에 정법을 지키겠다고 나섰을 때를 생각해 보면, 모든 곁가지는 무시하고 무식하게 덩어리만 작살내고 지나갔더랬지. 자신들이 얼마나 피해를 입든, 세간에서 뭐라고 평가하고 욕을 하든 조금도 신경 쓰지 않아. 그저 시작하면 끝날 때까지 묵묵히 할 일을 할 게야. 그게 절복종의 무서움이지."

"게다가, 오라버니. 낭중령의가 당했으니 우리에게 딱히 좋은 것도 아니잖아요?"

"알아. 그래서 난 지금부터 매우 기분이 나쁠 참이야. 나중에 없앨 생각이긴 했어도, 아직은 없어질 때가 아니었어. 신뢰하긴 어려운 놈들이었지만 그 자리가 비었으니 하남에서의 거점 하나가 사라진 셈이야. 우회 거점을 새로 만들어야 한다고."

염왕 당청은 얼굴을 찌푸리더니 한참이나 탁자를 짚고 꼼짝도 않았다.

이화부인 당귀옥은 가만히 차를 마시며 당청의 화가 풀리길 기다렸다.

무려 이각 가까이 당청은 그러고 있었다. 그러더니 갑자기 당청이 탁자 옆에 놓인 장기(象棋) 알을 들었다.

"지금 강호의 형세는 이래."

당청이 나무로 만든 굵은 장기 알을 한 움큼 집어 탁자에 올리며 말했다.

"이것은 우리 당가대원."

장기 알을 다시 한 줌 쥐어 그 위에 차곡차곡 쌓았다.

"그리고 이것은 금강천검의 정의회와 그의 추종자들."

당청은 장기 알을 쥐고 계속해서 쌓았다.

"이건 장강검문, 그리고 이건 산동사파와 기타 중립파. 대강 지금의 형세는 이렇게 나뉘어 있지. 그런데……."

당청이 장기 알이 담겼던 통을 들었다.

"거기에 소림사가 참전했다."

당청은 장기 알을 쌓아 둔 곳에 통을 던졌다.

와르르르.

쌓아 둔 장기 알들이 무너졌다.

"한 마디로 개판이 된 거지. 이제 구주육천의 시대는 끝났어. 그리고 백리중이든 장강검문이든 소림사를 넘어서지 못하면 다 닭 쫓던 개 되는 거야. 아니, 본인들이 개박살 나지 않으면 그나마 다행이겠지."

가만히 보던 당귀옥이 말했다.

"하지만 우리는 이미 소림사를 넘어설 준비가 되어 있지 않습니까?"

"아직 안 돼. 소림사의 개입이 너무 빨랐어. 하남에서 시작했으니 곧 산서, 섬서, 호광, 안휘까지 주변을 치고 나갈 거야. 일단 후방의 안전이 확보되면 자잘한 건 개의치 않고 나가겠지. 순식간에 강호가 초토화될 거야. 어떻게 해도 우리가 한발 늦어."

"시간이 필요하군요."

당청이 마구 고개를 흔들어 저었다.

"내 최근 며칠을 내내 천기만 보았다. 첫 빗방울이 떨어지는 데 한 달, 이후 비가 내리는 기간이 보름. 최소한 한 달 반의 시간은 더 벌어야 해."

당청은 다시 깊은 고민에 빠졌다.

"하지만 무슨 수로 그 무식한 중놈들을 막을 수 있을까
나……."

당귀옥이 말했다.

"방패막이를 내세우면 어떠할까요?"

"그것도 안 통할걸."

"정의회와 해월 진인의 장강검문이 아직 남아 있답니다.
산동사파와 북천의 패도 써 봄 직하지요. 후방의 안전이 확
보되지 않으면 소림사도 섣불리 전진하지는 못할 터. 잠시
나마 발을 묶어 두면 성공한 거라고 봅니다."

"금강천검과 중간에 사이가 틀어져서 쉽지 않을 것인
데……. 놈들은 우리가 사라지길 바라고 있을 것이야."

당귀옥이 웃으며 말했다.

"우리야 어차피 시간만 벌면 되는 일 아닙니까. 그쪽도
소림사의 절복종이 나선 이상, 우리가 내미는 손을 거절하
긴 어려울 겝니다."

"그렇지. 거리상 우리보다 먼저 당할 것은 그쪽이니까.
하지만 당연히 우리 말을 순순히 따라 줄 리가 없어. 오히
려 급한 건 우리다. 순망치한(脣亡齒寒)이라, 결국 저들이
너무 빨리 당해 버리면 다음은 우리가 당한다."

당청이 갑자기 탁자를 치면서 길게 입을 찢고 웃었다.

"그렇군! 좋은 생각이 났어!"

당청은 신이 난 듯 탁자 위에 있는 장기 알을 치워 버리고 지필묵을 올렸다.

"바로 특사를 보낸다! 정의회에도 장강검문에도! 그리고 다른 놈들에게도!"

당귀옥이 탄성을 내며 박수를 쳤다.

"어떤 내용으로 특사를 보내시렵니까?"

"당연히 손을 잡자는 뜻을 전해야겠지. 동맹 정도면 되려나."

문득 재미난 생각이 났는지 당청이 웃어 댔다.

"이히히히히! 맞아, 맞아…… 그리고 소림사에도 나 염왕의 이름으로 특사를 보낼 거야!"

"네? 소림사에도요?"

잠시 생각하던 당귀옥이 미소를 지었다.

"그것참 재미있겠네요. 소림사가 특사를 받고 머뭇거리는 사이에 정의회와 장강검문이 움직일 시간을 줄 수도 있겠어요."

"원래 소림사가 내 특사를 받는다고 오래 시간을 끌 놈들이 아니지. 하지만 부족한 나머지는 정의회와 장강검문이 해 줄 거야."

"호오. 그게 가능하겠어요?"

"내가 정의회와 장강검문에 특사를 보내 손을 잡자고 한 걸 소림사가 알면 어떻게 될까?"

"당연히 진의를 의심하겠지요."

"그게 재밌는 거야! 정의회와 장강검문 놈들도 순순히 내게 당할 놈들은 아니거든. 이리저리 머리를 굴리면서 우리가 특사를 보낸 걸 어떻게든 이용하려 하겠지."

"그 둘이 오라버니가 원한대로 잘 움직일까요?"

"정의회에는 망료가 있어. 성질은 지랄 맞지만 그자는 내 의도를 잘 알아. 그가 이번 일을 반드시 성공시켜 줄 것이야. 어쩌면 내가 원하는 것보다 더 많은 걸 해 줄지도 모르지."

"하면 조카사위는요?"

"아아, 놈도 일을 시켜야지. 제 마누라가 우리 밥을 축내고 있으니 밥값은 하게 해야잖겠나."

당청의 눈알이 빛났다.

"결론은 단순하나, 거기에 욕심이 깃들면 결국은 이리저리 문제가 복잡해지기 마련이지. 내 장담하는데, 소림사는 무엇이 진실인지 구분하기 힘들게 될 것이야!"

당귀옥은 눈을 가늘게 뜨고 웃었다.

"흘흘흘. 어떤 일이 벌어질지 많이 기대됩니다, 오라버니."

"이히히히! 아무렴, 기대해도 좋고말고. 이번 건은 대업에 앞서 우리 가문의 명운이 걸린 한 수가 될 테니까."

* * *

당청은 지체하지 않았다. 당가대원이 낼 수 있는 최고의 속도로 정의회의 백리중과 장강검문의 대표 가문인 남궁가에 특사를 급파했다.

무당파에는 따로 특사를 보냈다. 무당파는 단순한 문파가 아니라 해월 진인을 제외하더라도 존재 자체로 이미 소림사와 함께 강호의 한 축이다. 비록 큰 문파인 만큼 결정에 시간이 걸릴 테지만, 무당파가 움직인다는 소문이 돌면 근거리의 소림사도 부담감을 느끼게 될 수 있었다.

심지어는 원수나 다름없는 단령경의 산동 사파와 중립의 몇몇 문파 쪽으로도 사람을 보냈다.

그런데 특사는 놀랍게도 모두에게 제대로 전해지지 않았다.

그것은…….

중립인 어느 한 문파로 보낸 특사가 도중에 알 수 없는 이들에게 습격당해 서신의 내용이 드러난 때문이었다.

강호에 공개된 서신 내용은 아래와 같았다.

본 당가대원의 오랜 친구들이어!

당금에 이르러, 강호의 의기는 사라지고 백도의 정기는 땅으로 추락하였네.

사천의 오랜 터줏대감으로서 이 같은 일을 미연에 방지하지 못하고, 부득이 본 가 역시 친구들과 다투며 욕심을 부리다가 이에 이르렀으니 그야말로 통탄해 마지않을 일이었네!

하나, 잘못된 일은 고쳐 나가고 모자람이 있으면 꾸짖어 반성토록 해야 함이 아니겠는가.

소림사는 정법을 세운다는 명목하에 수많은 이를 학살하려 하네. 강호를 손에 쥐겠다는 흉악한 마각(馬脚)을 드러내고 있네.

섭수파. 절복파.

비록 두 종파가 다르다 하나 무릇 중 된 자로서 대중을 피안(彼岸)에 이르도록 돕는 것이 그 처음이요, 속세의 대중을 구제하는 이타심(利他心)이 두 번째가 아니겠는가!

그럼에도 불구하고 당대의 소림사는 이미 사찰로서의 본분을 망각하고 살육에만 눈이 어두워 날뛸 뿐일세.

머잖아 시체와 피로 뒤덮일 강호를 생각하니, 참으

로 우려스럽고 또한 가슴이 아프지 않을 수 없네.

강호의 일원으로 일말의 책임감을 통감하며 내 어찌 이를 두고만 볼 수 있겠는가.

비록 사천이 숭산에서 멀다 하나 이를 수수방관한다면 본 가 역시 언젠가는 입술이 사라지고 이가 시리게 되는 형국이 될 터.

칼끝에 뜻을 둔 자로서 어울리지도 않는 붓을 든 것은 저 혈승(血僧)들의 야욕을 꺾고 강호에 다시 한번 백도의 기상을 드높이기 위함일세.

서로 간 과거에 있었던 불미스러운 일은 잠시 잊고, 대의를 위해 관중과 포숙처럼[管鮑之交] 우의를 다져 거대한 폐단과 싸워 나가길 원하는 순수한 마음의 발로일세.

하여 본인은 다소의 손해를 감수하더라도 본 가의 힘을 최대한 친구들과 함께 나누려 하네.

부디 눈앞의 고기에 눈이 어두워 연못을 말리는 어리석은 선택[竭澤而魚]을 하지 않길 바라네.

작은 것을 얻으려다 큰 것을 잃은 후에는 이미 되돌릴 수 없게 되니, 부디 수주탄작[隨珠彈雀]의 우(愚)를 범하지 않기를 바라고 또 바랄 뿐이네.

서신의 내용은 강호를 뒤집어엎기에 충분했다.

이것은 소림사에 대한 직설적인 선전포고였다. 어딜 봐도 연합전선을 구축하여 소림사를 치자는 뜻이었던 것이다.

때문에 곤란해진 것은 당청으로부터 이 서신을 받은 쪽들이었다.

백리중은 망료와 심학을 불렀다.

"이번 당가의 제안, 어떻게 생각하나."

심학은 이미 당청의 서신 때문에 골머리를 썩고 있었다.

당장에 어제까지는 당가와 손을 합칠 것인지 말 것인지를 논의하던 중이었다. 그런데 서신의 내용이 밝혀지면서 사태가 순식간에 다른 국면으로 접어든 것이다.

심학이 침까지 튀기면서 난리를 쳤다.

"이이이, 멍청한! 염왕이 어째 일 처리를 이리했답니까? 저런 극비 서신을 노출시켜 버리면 우리더러 어쩌라고…… 으으으! 이건 완전히 외통수가 아닙니까!"

백리중이 망료를 쳐다보았다. 망료는 아비앵화단의 일로 바빴으나 이번 사태는 너무나 급박하여 돌아오지 않을 수가 없었다.

망료가 말했다.

"정작 소림사는 낭중령의를 치다가 돌부리에 걸려 주춤했는데 다른 일로 절복종의 진출이 만천하에 드러나게 됐구려. 어쨌거나 서신의 내용이 드러난 이상, 그냥 입 싹 닫고 모른 척할 수는 없게 됐소이다."

"그렇지."

비밀스럽게 서신이 전달되었으면 최악의 경우 그냥 특사를 돌려보내고 아무 대응을 하지 않아도 되었다. 그러나 내용이 드러난 때문에 이제 백리중은 강제적으로 둘 중 하나를 선택할 수밖에 없게 되었다.

당가의 손을 잡았다고 공표해 소림사와 대놓고 척을 지든가, 아니면 거절했다고 발표하여 소림사에 밉보이지 않도록 노력하든가.

백리중의 눈빛이 깊어졌다.

"한번 길을 정한 소림사는 강호가 어떻게 대응하든 반드시 움직인다. 이미 사전에 죽이고 살릴 자들도 내정되어 있을 것이다."

정의회가 소림사의 표적일 수도, 아닐 수도 있다. 표적인 경우에는 백리중이 어떤 선택을 하든 소림사의 행동은 변하지 않는다고 봐야 한다.

하지만 만약 정의회가 소림사의 표적이 아니었다면 문제가 된다.

적으로 돌아선 정의회를 소림사가 내버려 둘 리 없다.

"염왕. 끝까지 우리를 붙들고 늘어지는군."

백리중의 눈빛이 흔들렸다. 감정이 솟구치니 그의 몸이 허기를 느꼈다.

백리중은 옆으로 손을 뻗었다. 깃털을 벗긴 생닭과 고깃덩어리들이 작은 상에 쌓여 있었다.

백리중은 생닭을 반으로 찢어 뼈째로 씹었다.

으적으적, 오드득 오드득.

그 모습을 망료는 무덤덤하게 보았고 심학은 억지로 웃음을 지으며 아무렇지 않은 체했다.

망료가 말했다.

"한 가지 방안이 있소."

"말하라."

"양쪽에 최소의 성의를 보이시오."

백리중이 생닭의 늑골을 씹다가 멈칫했다.

"무슨 뜻이지?"

"이건 외길이외다. 벗어날 도리는 없소. 하지만 길이 있다고 해서 굳이 서두를 필요는 없지. 소림사와 사천에 사람을 보내시오."

"동정을 파악하라?"

"양쪽에 사람을 보내 분위기를 보고 적당히 그들의 입맛

에 맞춰 준 뒤 나중에 결정하면 되오. 혹시나 운 좋게 뒤로
거래가 가능하다면 그래도 좋을 것이오. 염왕과는 당분간
손을 잡아도 좋겠지."

심학이 침을 튀기며 따졌다.

"염왕에 줄을 댔다가 잘못되어 소림사의 화를 돋우면 어
쩔 것이외까!"

"그러니까 뒤로 몰래 하자는 얘기요. 누구 아는 자도 없
을 텐데 나중에 일이 잘못되면 언제든 파기하면 되는 것 아
니겠소?"

"아니 무슨 그런 어이없는 말을……. 약속을 하고 버리
자는 거요?"

하나 백리중은 망료의 말에 어느 정도 공감을 한 듯했다.

"우리가 얻을 수 있는 것은?"

"사천은 당장에 피해가 적소. 하나 언젠가는 소림사 중
들과 싸워야 하게 되지. 순망치한이란 말을 쓴 걸 보면 알
수 있는 일이외다. 그러니 서신에서 말한 대로 당가의 무력
을 빌려 쓰시오."

"줘야 할 것은?"

"으음, 낭중령의가 폭사당한 바람에 하남에 당가의 선이
끊겼소. 소림사의 행동 추이를 지켜볼 정보력이 사라진 것이
지. 우리가 그 역할 정도를 대신해 주는 척하면 되잖겠소?"

"흠."

"이용할 만큼 이용해 먹고 버리면 되오. 소림사는, 천하를 거머쥐기 위해 언젠가 넘어야 할 벽이었소이다. 당가의 힘을 빌려 소림사를 치시오."

심학이 어안이 벙벙한 얼굴을 했다.

"뭐요. 차도살인지계라고? 염왕이 그렇게 만만히 넘어가겠소?"

망료가 손가락을 들고 좌우로 흔들며 웃음을 머금었다.

"소림사가 낭중령의를 친 것은 벌써 당가를 표적으로 삼았다는 말이외다. 당가에서 오죽 안달이 났으면 이런 서신을 보내다 배달 사고를 냈겠소. 그리고 당가 따위로 어떻게 소림사를 차도살인 할 수 있겠소이까. 그저 차륜전으로 서로 간에 소모를 시키는 정도면 적당하지."

망료가 백리중의 앞으로 가서 백리중이 찢고 남긴 반 마리의 생닭을 들어 함께 씹어 먹었다.

"검각주. 정의회는 이미 무림총연맹의 절반을 먹었소. 이제 천하가 머잖았소. 양심이나 약속 같은 부질없는 허상에 사로잡힐 필요 없소이다."

"오해가 있군."

"으음? 내가 뭔가 오해를 하고 있소이까?"

백리중의 입이 길게 늘어지며 살기 어린 웃음이 맺혔다.

"본인이 양심이나 약속 같은 쓸모없는 몇 마디 말에 얽매인다고 누가 그러던가?"

* * *

하남성 여남.

진자강과 운정은 소림사와 강호의 동향을 파악하고자 잠시 마을 객잔에 머무르고 있었다.

한데 그곳에 당가의 사람이 찾아왔다.

살기도, 적대감도 아무것도 없었다. 심부름꾼은 그저 진자강에게 고급 비단으로 싸인 염왕의 친서를 전했을 뿐이었다.

"소림사에 전해 주십시오."

"소림사에!"

운정이 놀라서 걱정스러운 얼굴로 진자강과 염왕의 친서를 쳐다보았다.

당가의 친서가 강탈당했다는 건 이미 이곳 하남까지 소문이 났다. 당가가 소림사에 반기를 들었다는 것도 익히 알려진 사실이었다.

그 와중에, 그것도 낭중령의에서의 일로 소림사와 사이가 좋지 않은 진자강을 시켜 소림사에 친서를 전하라니!

"독룡 도우. 이건 아닌 것 같습니다. 절대로 안 돼요. 아무리 기명쇄로 보장을 받았다고 해도, 안전을 장담할 수 없어요."

진자강이 심부름꾼에게 친서를 받지 않으면 어쩔 거냐는 투로 쳐다보았다.

그러자 심부름꾼이 진자강에게 말했다.

"어르신께서 '밥값을 해.' 라고 말씀하셨습니다."

운정이 다 당황할 정도로 오해할 여지가 없는 협박이었다.

"아니, 무슨 밥값을 하라고……."

"제 부인 얘깁니다."

"으악. 그거 너무 치사하잖아요!"

운정이 심부름꾼을 째려보았으나 심부름꾼은 표정에 미동도 없었다.

진자강은 친서의 봉인을 뜯었다.

"일단 내용부터 확인해 보지요."

소림사로 가야 할 친서를 진자강이 본다는 건 일반적인 상황에서는 금기에 가깝다.

때문에 운정이 괜찮은가 싶어서 심부름꾼을 쳐다보았으나 심부름꾼은 그에 대해 가타부타 말을 하지 않았다.

"내가 받은 임무는 전하는 것까지입니다. 이후의 일은 소협에게 달려 있습니다."

심부름꾼은 정중하게 인사하고 떠나 버렸다.

친서를 열어 내용을 읽은 진자강의 표정이 어두워졌다. 운정이 긴장감에 온몸을 웅크리며 진자강의 등 뒤로 서신의 내용을 훔쳐보았다.

언뜻 그 안에 글자가 보였다.

"투항(投降)……?"

운정이 눈을 깜박였다.

"으아아아악!"

운정은 놀라서 뒤로 자빠졌다.

"지금 독룡 도우를 시켜서 소림사에 투항하라고 선전 포고를 하라는 건가요? 이건 완전히 시비를 걸러 가라는 거잖아요! 이걸 들고 가면 독룡 도우는 소림사에서 살아 나올 수 없어요!"

"그게 아닙니다."

운정이 벌떡 일어나서 양손을 꽉 쥐고 소리쳤다.

"아니긴 뭐가 아니에요? 다 봤어요. 지금 항복하라고 거기 써 있잖아요!"

하지만 진자강은 기묘한 표정으로 운정을 돌아보며 말했다.

"그 반대입니다. 당가에서 소림사에 투항하겠다는 내용입니다."

운정은 엉거주춤 일어선 채로 굳었다.

"……네?"

〈다음 권에 계속〉